굿 애프터 눈,
나의 찐 인생!

굿 애프터 눈, 나의 찐 인생!

삶의 중반에서 나에게 던지는 셀프 인생 리뷰

초 판 1쇄 2024년 04월 22일

지은이 정지현
펴낸이 류종렬

펴낸곳 미다스북스
본부장 임종익
편집장 이다경
책임진행 김가영, 윤가희, 이예나, 안채원, 김요섭, 임인영

등록 2001년 3월 21일 제2001-000040호
주소 서울시 마포구 양화로 133 서교타워 711호
전화 02) 322-7802~3
팩스 02) 6007-1845
블로그 http://blog.naver.com/midasbooks
전자주소 midasbooks@hanmail.net
페이스북 https://www.facebook.com/midasbooks425
인스타그램 https://www.instagram/midasbooks

ⓒ 정지현, 미다스북스 2024, *Printed in Korea*.

ISBN 979-11-6910-612-2 03810

값 19,000원

미다스북스는 다음세대에게 필요한 지혜와 교양을 생각합니다.

굿 애프터 눈, 나의 찐 인생!

정지현 지음

삶의 중반에서 나에게 던지는 셀프 인생 리뷰

목
차

프롤로그

삶이 나에게 인사했다. '굿 애프터 눈!' 008

7:00am

나를 고요하게 깨울 때

1min 그동안 나는 누구였던가? 017

2min 프로 도망러 022

3min 나이 들면서 당당해져야 할 눈물 027

4min 돈 개념은 없지만, 꿈 개념은 있어 035

5min 이 죽일 놈의 자존심 040

6min 계획형 인간의 계획 없는 삶 045

7min 가장 믿어야 할 종교, '셀프교' 050

8min 나란 사람, 엄마란 사람 055

9min 몸을 가꾸는 정원사 061

10min 나를 다시 찾아가는 시간 066

〈지친 마음을 회복시키는 치&휴 클래스〉

1교시 치&휴 클래스 초대 072

12:00pm

우리의 관계가 다시 시작될 때

1min 무소식이 희소식만은 아니더라 077

2min 내가 변한 걸까? 네가 변한 걸까? 082

3min 가깝지만 투명 창을 내려야 할 때 087

4min 매번 대화의 주인공이 될 필요는 없어 092

5min 다정하진 않지만 매너 있는 사람 096

6min 나는 몇 점, 몇 순위? 101

7min 알고 보면 거기서 거기 106

8min 우리만의 팬심 라이프 111

9min 가족이니 그래야 해 115

10min 오! 영원한 친구 120

〈지친 마음을 회복시키는 치&휴 클래스〉

2교시 치&휴 클래스 기초 124

목
차

6:00pm

삶의 열정을 한번 더 불태울 때

1min 근본 없는 용기가 필요할 때 129

2min 몰라서 배워야 할 게 투성이야 135

3min 피곤한 성취 중독자 140

4min 성과가 있어야 성공한 삶인가? 145

5min 완벽주의자의 완벽하지 않은 일 150

6min 마음 잠수에 대처하는 법 156

7min 하기 싫은 일도 해야 한다면 163

8min 인생에 퍼스널 콘텐츠가 필요해 168

9min 점프 대신 스텝 바이 스텝 173

10min 세상에서 가장 여유로운 할머니 178

〈지친 마음을 회복시키는 치&휴 클래스〉

3교시 치&휴 클래스 심화 182

10:00pm

찬란한 내일이 기다려질 때

1min 삶이 얼굴에 드러날 때 187

2min 당신 곁에 치.휴.습관 192

3min 삶은 기억보다 기록이지 196

4min 다시 쓰는 인플루언서 201

5min 드라이한 것 대신 촉촉한 감성 206

6min to-do-list 말고, to-find-list 211

7min 죽도록 후회하기 전에 챙겨야 할 것 216

8min 덜 무겁고, 더 심플하게 221

9min 인터뷰하고 싶은 사람 226

10min 인생의 마지막 명장면 on-air 231

〈지친 마음을 회복시키는 치&휴 클래스〉

4교시 치&휴 클래스 완성 235

에필로그

삶이 나에게 응원한다. '굿 럭!' 237

삶이 나에게 인사했다. '굿 애프터 눈!'

어느 오후, 망설임 끝에 예약해 둔 심리상담센터를 방문했다. 정신건강의학과에서 외상 후 스트레스 장애를 판정받은 지 4년 만에 기관을 다시 찾은 것이다. 대기실에서 멍한 눈빛으로 앉아 있는 나를 상담사가 반갑게 맞아 주었다. 상담실로 자리를 옮긴 후 고요한 공기 속에 대화가 시작되었다.

"미리 작성하신 문답지는 잘 읽어 보았습니다. 요즘 생활하시면서 가장 힘든 점은 무엇인가요?"

"일상생활과 완전히 다른 마음 때문인 것 같아요."

"구체적으로 어떤 것인지 말씀해 주실 수 있나요?"

"열심히 살려고 노력하고 있지만, 솔직한 마음은 모든 것을 정리하고 아무것도 하고 싶지 않을 때가 많아요. 사는 것이 무의미해지고 어떻게 살아야 할지 막막해졌어요."

"그렇군요. 그런 마음이 들게 된 가장 큰 원인이 있나요?"

"부모님이 투병으로 돌아가신 후, 삶에 대한 불안이 심해진 것 같아요. 죽음에 관한 생각이 많아졌고요. 시간이 지나면 괜찮아질 줄 알았는데 이상하게 더 힘들어지네요…."

1시간 동안 대화가 진행되었다. 머릿속에 있는 말들이 정제되지 않은 채 나오기도 했다. 덤덤하게 대화를 이어가다가 목이 메 잠시 침묵이 흘렀다. 몇 가지 구체적인 심리검사를 한 끝에 2주 차에 결과를 들을 수 있었다.

"불안 지수가 상당히 높게 나왔어요. 이 정도 상태면 심도 있는 상담이 필요해 보여요. 병원에서 진단을 받고 싶다면 가 보셔도 좋습니다. 선택은 자유롭게 하시면 돼요. 지금까지 겪은 경험들을 비추어 보면 충분히 나올 수 있는 결과일 수 있어요. 분명 치유와 치료를 통해 회복되고 극복하실 수 있을 겁니다. 이번 기회에 마음을 정말 잘 돌보시기를 바랍니다."

"네…. 알겠습니다. 저도 앞으로 어떻게 해야 할지 생각해 볼게요."

어느 정도 예상된 결과였다. 힘든 일이 끝났다고 모든 것이 해결된 것은 아니었다. 역경의 파동이 계속해서 전해졌다. 파동은 더 큰 시련으로 울려 퍼졌다. 겉으로는 멀쩡해 보이지만 속은 계속해서 병들어 갔다. 어두운 마음 뒤로 삶에 대한 의문들이 계속해서 찾아왔다.

'원래 인생이 이런 거야?'

나도 모르게 질문을 던진다. 인생은 원래 '쉽지 않은 길'이라는 것쯤은 알고 살아왔다. 받아들이지만 삶의 고뇌로 고통스러워질 때, 결국 어디서부터 잘못되었는지 의문을 품게 된다. 아무리 마음을 잡으려고 노력해도 의지대로 안 될 때가 있다. 그럴 때마다 멍하니 앉아 의문의 질문들을 되짚어 본다.

심리상담센터를 나와 아기를 데리러 어린이집으로 향했다. 무거운 발걸음이 어느새 현실 복귀를 위한 재빠른 걸음으로 변해 있다.

"하임아, 엄마 왔네!"

딸아이는 벌써 현관문에 나와 있다. 눈이 마주치자 환하게 웃더니 나에게 안겼다. 아기랑 집으로 향하는데 날씨가 따스하게 느껴졌다. 오후 3시가 조금 넘은 시각이었다. 머리 위쪽으로 해가 지나가는지 바닥에 그림자가 생생하게 드러난다. 오후의 햇살이 드리우자 아기와 내가 길이라는 무대에서 조명을 환하게 받고 있다.

　갑자기 삶이 내게 인사한다. '진짜 인생은 지금부터야.'라고 말해 주는
것 같다. 인생이 막 무르익기 시작하려는 어느 인생 오후, 지나온 삶의
모든 경험이 새롭게 재조명되기 시작했다. 평범한 사람이지만 평탄한 삶
은 아니라서 억울할 때가 있었다. 굳이 겪지 않아도 될 일들이 꼭 나만
찾아오는 것 같아 부정하고 싶은 순간이 많았다. 지독한 외로움이 밀려
와 혼자 허덕일 때마다 누군가가 나의 손을 잡아 주기를 바랬다. 어두운
그림자의 삶에서 벗어나려고 애쓰며 지내 왔다. 하지만 어두운 그림자가
오후의 햇살과 만났을 때, 더 이상 어둡지 않고 선명한 모습으로 드러날
수도 있다는 사실을 깨닫게 되었다. 부드러운 햇살 조명을 받은 그림자
는 삶에 기죽지 않은 당당한 자태를 보여 준다. '단 하나뿐인 인생의 주인
은 바로 너야. 어떤 것도 잘못된 것도 없고 안 될 것도 없어.'라고 위로해
준다.

　오후의 따스함 아래 떠올리는 지나온 삶이 참 애틋하다. 햇살을 받으
며 지금의 일상을 숨 고르고 천천히 점검해 본다. 여전히 불안한 인생 중
반이지만 마음만은 평온한 인생 후반을 살고 싶다는 생각이 든다. 나의
인생 스승은 자기 계발서도 아닌 내 인생 그 자체였다. 지친 하루에도 몇
번씩 삶의 반짝이는 순간들은 존재한다고 일깨워 주었다. 고통스러운 인

생을 만나게 되었을 때, 시련에 맞설 수 있는 과감한 용기와 결단력을 불어넣어 주었다. 매 순간의 깨달음을 알려 준 인생이 자꾸만 들여다보고 싶고 더 알아가고 싶다. 삶의 중간지점에서 우리는 인생의 중간 점검이 필요하다. 잠깐 멈추어 서서 자신이 누구인지 발견하고 진짜 행복한 인생을 찾아가는 것이다. 인생 중반을 앞둔 모든 사람이 끊임없는 깨달음과 사유를 통해 분명해지고 자신 있는 삶을 그려나가면 좋겠다. 찬란한 오후의 햇살이 당신의 인생 오후를 풍요롭게 만들어 줄 것이다. 인생은 언제나 당신 편이다.

오늘도 삶이 나에게 인사한다. '굿 애프터 눈!'이라고.

7:00am

나를 고요하게 깨울 때

그동안 나는 누구였던가?

이사는 '살던 둥지'를 허물고 '새로운 둥지'로 향하는 굉장한 경험이다. 작년 가을, 우리 가족은 살던 곳에서 가까운 거리의 동네로 이사했다. 그동안 나는 운이 좋게도 이사를 자주 다니는 번거로움은 겪지 않았다. 결혼한 신혼집에서 줄곧 살다가 아기가 태어난 뒤 처음으로 이사를 결심했다. 이사를 준비하는 모든 과정은 매우 힘들었다. 버릴 짐과 남겨 둘 짐을 분리하는 작업은 많은 에너지를 요구했다. 반면에 집안 곳곳에 숨어 있는 유령 같은 유물을 발견하는 재미도 있었다. 7년간 살았던 집에서 과거의 흔적들을 하나둘씩 발견할 때마다 혼잣말이 저절로 나왔다.

"내가 이런 곳도 가봤어? 이런 상은 언제 받은 거야?"

먼지에 쌓인 앨범 속 사진들이 눈에 들어오기 시작했다. 시간을 거슬러 만난 어린아이가 낯설게 느껴진다. 초등학교 때 받은 상장들을 보니 괜히 창피한 생각이 든다. 어릴 때부터 꾸준히 써 온 일기장도 발견했다. 일기장에는 내성적이고 솔직한 아이의 글이 적혀 있다. 일반적으로 어린 아이의 일기는 '~에 갔다.', '~을 했다.'라는 사실을 기재하는 경우가 많다. 그에 비해 나의 일기는 사실보다 느꼈던 감정을 표현한 글들이 많았다. 예를 들어, 나에게 장난치는 친구에 대해 불편함을 과감히 드러내고, 6.25 전쟁을 진심으로 걱정하는 마음의 글들이 꽤 솔직하다. 묵은 짐으로 어질러진 거실에서 일기를 읽다가 나는 한참을 웃었다. 연필을 쥐고 마음을 한 글자씩 써 내려간 어린 시절의 나를 떠올려 보니 이런 생각이 들었다.

'내가 이런 마음을 갖고 살았다는 것을 우리 부모님은 아셨을까?'

어릴 때부터 나는 부모님의 눈치를 많이 보고 자랐다. 많은 사랑을 주었던 부모님이지만 엄한 편이었다. 칭찬에 인색한 부모님 밑에서 자라 부모님의 인정에 목말라했다. 게다가 부모님의 기대에 부응해야 한다는 압박감에 자주 시달렸다. 우리 집은 화목한 가정은 맞지만 화기애애한 분위기의 가정은 아니었다. 대화가 부족한 편은 아니었지만, 가족 모두 말수가 많지 않았다. 심지어 낯 간지러울 정도로 사랑스러운 감정표현에

서툰 가정이었다. '엄마 사랑해', '아빠 사랑해'라는 말을 자연스럽게 나눈 기억이 별로 없다. 어버이날마다 카드에 사랑의 표현을 형식적으로 남겨 본 것이 전부다.

 이런 가정환경과 부모님의 성향에 영향을 받은 나는 내성적이고 순응적인 장녀였다. 알아서 잘한다는 소리를 듣고 자랐지만 사실 이 말은 정확하지 않다. 주어진 일이 생겼을 때 큰 반항 없이 따랐다는 표현이 더 가깝다. 해야 하는 상황이 발생하면 군소리 없이 해냈다. 지켜야 하는 규율이라면 그대로 지켜냈다. 시간이 지날수록 나의 순응적인 성향은 강해졌다. 순응적 기질은 주변 친구들과의 관계에도 발휘되었다. 나랑 성향이 맞지 않아도 친구들의 성격에 맞추어 대하는 경우가 많았다. 불편한 관계를 만드는 것이 싫어서 내색조차 잘 하지 못했다. 그렇게 하는 것이 오랜 관계로 지낼 수 있다고 생각했다. 이러한 순응적인 태도는 순응적인 사회관계로 이어졌다. 회사에 다닐 때 만난 각양각색의 사람들과 나는 잘 지내려고 노력했다. 좋게 이야기하면 타인에 대한 배려가 먼저였다. 극단적으로 이야기하자면, 이해하기 힘든 성격일지라도 그런 사람들의 비위를 눈치껏 맞추었다. 나는 존재감이 없을 정도로 조용한 사람은 아니었지만 스스로를 드러내는 것에 자신감 있고 적극적인 사람은 아니었다. 돌이켜 보면 대학을 진학할 때, 진로를 결정할 때, 일을 선택할 때, 심지어 인간관계를 할 때조차 내가 중심이 된 적은 별로 없었다. 당시 시대가 선호하는 분야, 적당한 타이틀의 회사, 막연하게 관심 있는 일, 적을 두지 않는 인간관계 등을 고수하며 살아왔다. 이렇게 지내온 이면에는 타인과 세상의 시선을 의식하는 내가 있었다. 어릴 적부터 심어져 온 강한 순응적 성향은 무의식적으로 나를 덮어 둔 채 살아가게 했다. 자신에 대한 이해가 부족한 상태로 지내 온 셈이다. 어느 날 나를 오랫동안 봐 왔던 지인이 이런 말을 했다.

"너한테 이런 면이 있는 줄은 몰랐네. 밝은 사람인 줄만 알았는데."

내가 생각보다 조용하고 사람 관계에 예민한 면이 있는지 최근 들어 알게 되었다는 말이다.

"그래? 내가 원래 그런 성향의 사람이었는지도 모르지."

나는 피식 웃으며 대답했다.

'그동안 나는 누구였던가?'

인생 중반이 되어가는 지금, 이런 질문이 나를 자주 찾아왔다. 과거의 나를 돌아보며 타고난 기질은 무엇이고 어떤 성격의 사람이었는지 궁금해진다. 나이가 들면서 변해 가는 나를 유심히 살피기 시작했다. 중고등학생 때와 사회초년생의 나는 분명 달라져 있었다. 연애에 목숨 걸고 일이 전부였던 30대와 결혼하고 아기를 낳은 40대의 나는 완전히 바뀌었다. 이제는 해마다 생각이 달라지고 나도 변해 간다. 끊임없이 변해 가고 변화된 모습으로 허덕이던 내가 잠시 숨을 고르고 있다. 조용하고 순응적인 아이는 어느덧 자라, 본격적으로 인생에 주인이 되고 싶은 어른이 되어 가고 있다.

"나를 찾는 여행은 결국 본질로 돌아가는 여행이다."

레이첼 칼슨의 말처럼, 인생의 본질은 결국 자신에 대한 물음으로부터 시작된다. 나를 찾아가는 과정은 나를 위한 인생을 발견해 가는 여정이다. 내가 어떤 사람인지 정답은 없지만 계속해서 궁금해진다. 자신에 대한 궁금증이 많아질수록 모호한 앞날이 조금씩 선명해질 것이다.

'많이 애썼다. 꽤 괜찮은 너로 살아온 거야. 더 괜찮은 너로 살아갈 거야.'

과거의 나를 만나 다독이니 지나온 삶에 대한 후회보다 격려가 앞선다. 예전에는 나를 잘 모른 채 살아왔지만, 지금은 그 어떤 사람보다 잘 알아 가고 싶다. 과거는 기억하고 싶지 않은 추억이 아니라, 지금의 자신을 이해할 수 있는 의미 있는 기준이다. 지난 시간의 내가 지금의 나로 자연스럽게 이어지고 있다. 과거의 어린아이 손을 지금의 어른인 내가 따뜻하게 잡아 주며 속삭였다.

'앞으로도 잘해 보자. 나의 인생아!'

프로 도망러

'아... 이것이 꿈이기를.'

가끔 나는 머릿속으로 도망치는 상상을 자주 한다. 힘겨운 모든 순간으로부터 도피하고 싶은 마음이 커졌다. 20대는 두려울 것이 없던 무법자, 30대는 앞만 보고 질주하는 경주마, 40대는 잘 걷다가도 돌부리에 걸려 넘어지는 아이가 되었다. 몸만 커진 아이가 끊임없이 감내해야 할 삶의 시련에 미리 겁부터 먹기 시작했다. 잘 살아가야 한다는 긴장감이 항상 어깨를 무겁게 짓누른다.

프로 도망러의 이면에는 직면한 현실을 마주하고 싶지 않은 심리가 민감하게 작동한다. 한창 회사에 다닐 때, 나는 자주 도망치고 싶었다. 끝이 보이지 않는 업무, 반복되는 일상에 매너리즘이 찾아올 때마다 퇴사하는 상상을 자주 했다. 아픈 부모님을 간병할 때, 병원에서 도망치듯 나와 어디로든 사라지고 싶었다. 심지어 코로나19가 기승을 부릴 시기에 임신을 하고 출산하게 되었다. 임산부라 코로나에 걸리지 말아야 한다는 걱정으로 마음이 늘 편치 않았다. 임신한 기간 내내 거의 집에 있었다. 집에 있을 때마다 갑갑한 시간들로부터 자주 도망치고 싶었다. 불안해진 세상 덕에 갇힌 공간에서 우울한 시간을 오랫동안 보냈다. 출산하고 육아를 하면서 또다시 도망치고 싶은 생각이 들었다. 온종일 육아와 씨름하며 체력이 바닥날 때마다 기분이 자주 가라앉았다. 아기가 없던 시절을 떠올리며 그리워하기도 했다. 심지어 아기를 낳지 않고 자유로운 시간을 만끽할 수 있는 딩크족(정상적인 부부 생활을 영위하면서 의도적으로 자녀를 두지 않는 맞벌이 부부)이 새삼 부러울 때도 있었다. 아기 엄마로서 무책임하고 비겁한 감정이 동시에 밀려와 가끔 괴로웠다. 주변인에게 가장 많이 들은 말이 있다.

"육아가 세상에서 가장 힘들긴 하지. 그래도 아기가 너무 예쁘지 않아? 지금을 그리워하게 될 거야!"

머리는 끄덕이고 있는데 이상하게 입 밖으로 쉽게 수긍이 가지 않는다. 한 생명을 끝까지 책임지고 돌봐야 한다는 의무감이 마냥 좋지만은 않다.

'사는 것이 왜 이렇게 고되고 고달픈 것일까.'

세상살이에 겁이 많아진 나는 정작 현실을 과감하게 떠난 적이 없다. 어린 나이가 아니기에 감정적으로 굴면 안 될 것 같다. 잘 흘러가고 있는 일상을 순간의 감정으로 망치지 말아야 한다. 뿌듯한 하루를 살아냈다는 성취감을 잃고 싶지 않은 마음도 크다. 여러 심리가 있는 나는 결국 머릿속에서 도망치는 비겁한 도망자가 되었다.

반면에, 비겁한 도망자가 꿈꾸는 도망자가 될 때도 있다. '만약에'라고 시작해서 순간적으로 '일상탈출'을 상상한다. 일상탈출을 상상하는 순간 꿈꾸는 도망이 시작된다. 어느 날 나는 잠들기 전 유튜브에서 피아니스트 임윤찬의 연주를 보게 되었다. 뉴욕필과 라흐마니노프 피아노협주곡 3번을 협연한 공연이었다. 꿈같은 연주가 끝나고 기립 박수가 이어졌다. 기립 박수를 한 몸에 받고 있는 임윤찬의 모습은 보기만 해도 자랑스러움 그 이상이었다. 그의 표정은 행복한 긴장감 그리고 벅차오름이 공존해 보였다. 엉뚱한 상상이지만 '만약에 내가 저 자리에 있다면'이라는 생각에 잠시 빠졌다. 상상만으로 온몸에 소름이 돋는 것 같다. 뛰어난 재능으로 박수갈채를 받는 삶은 어떨지 궁금해진다. 나의 현재와 다른 모습에 투영되어 기분 좋게 현실에서 도망친다. 꿈꾸는 도망자의 상상은 더욱 대담해질 때도 있다. 지나가다가 보게 된 3층짜리 신축 건물을 보고 '1층은 유명 프랜차이즈가 들어오고 2층은 세를 주면 되겠네. 3층은 내 사무실로 쓰고' 어느새 월세를 받는 당당한 건물주가 되어 있다. 상상만으로도 떨리는 도망으로 행복한 현실도피가 이루어진다. 가끔 나는 순간이

동을 할 때도 있다. 머릿속에서만 일어나는 귀여운 도망이다. 어느 날 유모차를 끌고 집을 나왔다. 이리저리 봐도 주변은 온통 빼빽한 아파트단지뿐이다. 마트와 상가가 가까이에 있어 편리한 동네지만 마치 건물 새장에 갇혀 있는 기분이 든다. 잠시 앞에 있는 건물을 쓱쓱 지우고 그린으로 뒤덮인 숲길을 만들어 본다. 고층의 창문 밖 건물을 지우고 바닷가를 소환해 본다. 눈을 감았다 뜨면 치앙마이의 어느 리조트에 머물러 있으면 좋겠다는 생각을 한다. 상상 속 작은 도망으로 갈망하는 휴식을 꿈꾼다.

"걱정은 잠시 내려놓고

대신 가볍게 짐을 챙기자

실컷 웃고 다시 돌아오자

거기서는 우리 아무 생각 말자"

가수 선우정아의 〈도망가자〉라는 노래의 가사다. 머릿속으로 수백 번 도망치며 고된 현실로 우울해 하는 내게 '충분히 그래도 돼.'라고 말해 주는 것 같다. 노래를 들을 때마다 마음껏 도망치고 일상으로 돌아오고 싶다. 프로 도망러인 우리는 더 이상 비겁한 겁쟁이가 아닌, 이유 있는 도망자다. 누구보다 자신의 삶에 진심이고 잘 살아가고 싶은 사람이기 때문이다. 여전히 우리는 일상을 붙들며 지내고 있다. 그러다 보면 버티는 하루가 만들어진다. 버티다 보면 괴로움의 정점은 어느새 누그러지고 희미하게 사라지기도 한다. 하지만 버티는 것조차 힘겨운 시간이 오래 간다면, 상상 속 도망이 현실로 실행될 때가 찾아온다.

  일본의 심리치료사 겸 카운셀러인 이시하라 가즈코의 『도망치고 싶을 때 읽는 책』에 이런 문구가 있다. "괴로워도 그대로 버티는 것만이 아닌 가슴 속에 흐르는 '진짜 마음'을 인정하는 것이 용기"라는 것이다. 일상을 덤덤하게 지내다가도 어느 날은 마음을 지나치게 쓸 때가 있다. 이럴 때, 현재에 지친 마음이 보내는 진짜 신호를 알아차리는 것이 중요하다. 먼저 일상과 잠시 떨어져 지내보는 것이 좋다. 평소 마음으로만 담고 있던 일을 시도해 보기도 한다. 가끔 마음이 이끄는 랜덤 일상을 보내도 충분히 괜찮은 하루가 완성된다. 우리는 상상 속 프로 도망러가 되고, 동시에 현실판 프로 도망러도 될 수 있다. 어떤 도망이든 그 이면에는 삶에 대한 애정이 묻어 있다. 당장 괴로워 도망칠수록 지금을 끔찍이 아끼는 자신을 재발견하게 될 것이다.

  오늘도 과감하게 도망가고 또 돌아오며 살아가자.
  우리는 매일을 잘 살아 내고 싶은 프로 도망러이다.

나이 들면서 당당해져야 할 눈물

"눈물은 슬픔의 말 없는 말이다."

- 볼테르 -

과연 우리는 눈물 커튼 뒤에 숨어 있는 슬픔의 언어를 얼마나 잘 이해하고 있을까. 언젠가부터 슬픔이라는 아이가 나를 자주 찾아왔다. 슬픔이 쌓일수록 눈물을 쉽게 멈출 수가 없었다. 아무렇지 않은 듯 지내다가 아물지 않은 마음이 건드려졌을 때, 슬픔의 그늘이 순식간에 퍼졌다. 슬픔의 그늘이 넓게 드리워질수록 서글픈 마음이 깊어진다. 그럴 때마다 가슴 깊은 곳부터 올라오는 뜨거운 이것 때문에 목이 매번 따끔했다. 바로 '고인 눈물'이다. 단순히 슬픔이라는 감정 신호가 눈가를 데워 주며 뺨을 타고 내려오는 반사적 작용이 아니다. 오랫동안 묵혀 있던 고인 물이 가슴을 타고 한꺼번에 폭발하는 웅어리진 물이다. 친정엄마를 일찍 하늘나라로 보낸 나를 걱정하는 이모는, 통화할 때마다 이런 말을 한다.

"지현아, 속으로만 너무 담고 살지 마. 그게 큰 병이 될까 봐 맨날 걱정돼."

속내를 잘 비추지 못하고 혼자 짊어지려는 나의 성향을 의식한 듯, 이모는 걱정 어린 소리를 한다. 나는 감정 돌봄에 독립적인 사람이다. 다양한 감정을 스스로 감당하고 잠재우는 편이다. 겉으로 쿨하게 넘겨 보지만 속으로는 감정의 고뇌에 자주 사로잡힌다. 잘 설명할 수 없는 복잡한 내면을 누군가에게 털어놓는 일은 참 어려운 일이다. 감정의 스펙트럼이 넓고 예민해서 다른 사람의 생각과 감정이 잘 읽히기도 한다. 그동안 정신없이 살아가는 것에만 중점을 두고 지내 왔다. 그러다 보니 내면에서 떠도는 여러 가지 감정을 그냥 지나치는 경우가 많았다. 내 안의 감정을 감출 때마다, 감정의 결은 잘게 부서졌고 복잡해졌다. 풀어내지 못한 혼재된 감정들이 통제되기 어려워지면서 나는 울적한 시간을 자주 보냈다. 작은 일에도 갑자기 과거의 슬픔이 소환되어 당황스러운 눈물 바람을 일으키기도 한다. 이미 마흔을 넘긴 어른이지만 부쩍 늘어난 눈물의 언어를 잘 모를 때가 많다. 어린아이처럼 앉아서 엉엉 울고 싶을 때도 많아졌다.
'나이가 들면 눈물이 이렇게 많아지나? 다른 사람들도 나처럼 눈물이

자주 날까?'

눈물을 흘리는데도 남의 이목을 의식한다. 눈물을 닦아 내면서 남의 눈치를 살핀다. 어쩌면 우리는 어른으로서 가져야 할 덕목으로 감정 절제의 태도를 무의식적으로 요구받으며 살아왔을지도 모른다. 웃는 얼굴이 완전한 행복의 삶을 대변하는 표상처럼 비추어졌다. 나이가 들면서 가까운 지인 앞에서조차 눈물을 흘리는 일이 별로 없어졌다. 아무렇지 않은 듯 일상을 공유하는 일이 많아졌다. 며칠 전, 지인들과 오랜만에 만난 자리가 있었다. 힘든 일을 겪은 한 명이 지난 이야기를 꺼내다가 끝내 눈물을 보였다. 그 순간 대화에 침묵이 감돌았다. 그녀는 울먹이는 말투로 말했다.

"나 갑자기 왜 이래. 미안해. 괜히 나이 먹고 눈물을 쏟네. 울기 진짜 싫은데."
"갑자기 울어서 당황했잖아. 잘 지내는지 알았는데…. 울지 마."

눈물이 왜 미안함과 당황스러움의 존재가 되었는지 나는 궁금해졌다. 살면서 마주하는 감정과 동반되는 무언의 표현이 바로 눈물 아니던가. 아이들이 우는 것은 자연스럽고 어른들이 우는 것은 불편한 모습일까. 어른이라 눈물을 감추어야 할 존재로 인식하는 것 같아 씁쓸한 생각이 든다. 마음껏 눈물을 흘릴 시간과 장소도, 함께 나눌 사람도 없어진 느낌이다.

아기를 출산하고 나는 가슴에 고여 있던 눈물이 자주 나왔다. 단순히 산후 우울증이라고 생각했다. 그러나 고인 눈물의 가장 큰 원인은 바로 '상실감'이었다. 상실감은 무엇인가를 잃어버린 후의 느낌이나 감정 상태를 일컫는다. 비극적인 드라마처럼 우리 부모님은 모두 암이라는 병을 얻고 젊은 나이에 세상을 떠났다. 병원에서 나는 두 번의 여명을 직접 들어야만 했다. 두 번의 구급차 안에서, 차가워진 부모님의 손을 잡으며 눈물을 쏟아야 했다. 결국, 아버지와 어머니 모두 죽음으로 향하는 두 번의 과정을 생생하게 마주했다. 상실감은 시간이 지나면 무뎌질 줄 알았는데 그 반대였다. 부모님의 빈자리가 느껴질수록 마음이 더욱 공허했다. 부모님에 대한 그리움을 꺼내 놓을 때, 지인 한 명이 이런 말을 했다.

"솔직히 나는 부모님과 그다지 애틋하지 못해. 냉정히 이야기하자면 별로 정이 없지. 우리 부모님이 언젠가 돌아가신다면 너처럼 그리움의 감정을 별로 못 느낄 것 같아."

그녀의 말처럼 가족과의 유대관계 그리고 느끼는 감정은 각자 다양하다. 그러나 이러한 말도 무색하게 만드는 것이 바로 이별이다. 가까운 사람의 죽음 앞에서 소란스러운 감정들이 모두 침묵한다. 부모와 이른 헤어짐을 겪고 난 뒤, 감정에 더욱 예민한 사람이 되었다. 이 세상에 나를 온전히 지지해 주는 존재가 없다는 외로움이 커졌다. 그럴 때마다 주체할 수 없는 눈물로 많은 에너지를 쏟았다. 나를 가장 슬프게 하는 것은 단지 부모님이 곁에 없다는 사실이 아니다. 삶의 아름다운 과정을 함께 나눌 수 없다는 서글픔 때문이다. 아무리 따뜻한 남편, 친척, 시댁이 있어도 결코 내 부모를 대신할 수 없었다. 홀로 남겨진 남동생을 생각하면 나는 늘 마음이 쓰이고 아프다. 아기를 낳은 이후, 남동생을 대하는 누나의 마음이 부모의 마음으로 바뀌게 되었다. 아기를 낳고 부모가 되면서 돌아가신 부모님의 사랑을 이제야 실감할 수 있었다.

'나와 동생을 이렇게 키워 주셨구나. 소중한 생명을 책임감으로 평생 보살피는 일은 행복하면서도 힘든 일이었어.'

부모님의 지나간 손길에 저절로 숙연해진다. 가끔 상실감이 쓸고 간 빈자리에 아기를 안고 눈물을 삼킨 적이 있다. 심지어 가족에게 무한한 사랑을 받는 아기가 부러울 때도 있었다.

"하임아, 엄마는 네가 부럽네. 너에게 사랑을 주는 가족들이 참 많네."

부모님을 향한 그리움과 안타까운 사랑을 아기에게 괜한 질투심으로 표현한다. 씩씩하게 육아를 할 때도 있지만, 여전히 내 마음은 눈물로 가득 차 있다.

'나 진짜 힘들다. 딸 어떻게 살라고 아픈 모습만 보이다가 빨리 간 거

야. 엄마도 아빠를 일찍 보냈을 때 이런 마음이었겠지.'

안타깝지만 상실감을 주위와 나누기는 여전히 힘들다. 이런 기분, 그런 마음은 내가 감당해야 할 아픔이자 슬픔이기 때문이다. 어느 날 슬픔이 과잉되어 정신이 피폐할 정도로 힘들다는 것을 느꼈다. 그렇게 많은 눈물이 어디서 나오는지 모를 정도로 나는 새벽 내내 울다 잠들었다. 다음 날 상실과 관련된 서적과 유튜브 채널을 찾아보았다. 다양한 정보 중 와 닿았던 것이 바로 '충분한 애도'였다. 사람들은 육아를 하다 보면 부모님의 빈자리가 자연스럽게 채워지며 괜찮아질 거라고 했다. 하지만 나에게 정작 필요한 것은, 충분히 슬퍼할 수 있는 애도의 시간이었다. 부모님을 생각하면 자꾸 슬퍼지고 눈물이 날 것 같아 제대로 된 애도를 하지 못했다. 가까운 가족이나 지인들도 섣불리 진짜 나의 마음을 묻지 못했다. 그래서 유일하게 애도하는 방법이 홀로 마음껏 우는 것이었다. 마음에서 붙잡고 있는 부모님을 서서히 보내드리는 연습을 하는 것이다. 부모님과 함께한 기억들이 눈물로 하염없이 흘러나왔다. 눈물은 잠시 쏟아지는 소나기일 때도 있지만, 갑작스러운 폭우가 될 때도 있다. 눈물을 충분히 흘려보내야 고인 복잡한 감정도 정화된다. 눈물이 지나간 자리는 확실히 개어 있다. 실컷 울고 나면 마음 한구석도 시원해지는 것 같다.

눈물을 오래 머금고 있으면 마음이 곪아 간다. 고인 눈물이 빠져나가야 마음의 상처도 회복된다. 눈물은 혼탁한 마음을 정화 시켜 주는 삶에 필요한 이슬이다. 지금 당신에게 '울지 마.'라는 말 대신 '마음껏 울자.'라며 눈시울을 함께 붉혀 주는 눈물 동지가 많아졌으면 좋겠다. 혼자 흘리는 눈물보다 함께 흘리는 눈물만으로 마음에 위로가 될 수 있기 때문이다. 나이 들수록 많이 웃는 것만큼 중요한 것이 많이 우는 것이다. 우리가 눈물에 관대한 어른이 되었으면 좋겠다.

슬픔이 찾아올 때마다, 눈물을 감추지 말고 당당하게 흘려보내 보자.

돈 개념은 없지만, 꿈 개념은 있어

회사를 퇴사하고 아기를 출산한 후, 나는 주부 생활을 이어가고 있다. 아기가 태어난 뒤, 돈에 대한 갈망이 계속해서 커졌다. 먼저 아기 생활비로 소비되는 비용이 만만치 않다. 매월 나가는 카드 값에 허덕일 때마다 얼마나 더 줄이고 살아야 할지 의문이 든다.

'돈은 벌고 싶은데 왜 주식이나 부동산 쪽에 큰 흥미가 없지?'

요즘 사람들은 돈을 버는 것 보다 부풀리는 것에 관심이 많다. 고정된 수익을 끌어올리는 방법에 대한 경제 강좌가 계속해서 인기다. 나도 경제 정보를 부지런히 듣고 똑 부러지게 돈을 부풀리며 살고 싶다. 그러나 강좌만 저장해 두고 관심 있는 주제의 클래스나 책에만 눈길이 간다. 입으로 현실적인 고충을 호소하지만 정작 돈보다 장황한 인생을 걱정한다. 어느 날 밤, 아기를 재운 뒤 남편이랑 맥주를 한잔했다. 그때 뜬금없이 남편의 꿈을 물었다.

"난 특별한 꿈은 없어. 가족을 위해 돈을 벌고 돈이 되는 것이 있으면 다 해 보는 거야. 살면서 돈이 중요하니까."

"그렇지. 돈이 있어야 살지. 그런데 자신을 위한 꿈은 없어? 지금 말한 것은 꿈이 아니지. 장기적인 목표에 가깝지."

지극히 현실주의자인 남편과 이상주의자인 내가 나누는 흔한 대화다. 누구나 꿈 하나씩은 다 간직하며 사는 줄 알았다. 그러나 꿈은 있을 수도 없을 수도 있다는 사실을 최근에야 깨달았다. 자세히 따져 봐야 할 것이 있다면, 바로 꿈에 대한 개념과 정의다. 나이가 들면서 우리는 이런 말을 할 때가 있다.

"꿈을 꿀 겨를이 어디 있어. 먹고 살기도 바쁜데. 돈이 있어야 꿈도 꾸는 거야."

틀린 말은 아니지만 그렇다고 완벽한 논리로도 보기 힘들다. 반드시 돈이 있어야 꿈을 꿀 수 있는 자격이 주어지는 것은 아니기 때문이다. 경제적 여유가 있으면 하고 싶은 일에 투자할 기회가 많아질 수 있다는 의미에 더 가깝다. 꿈의 개념이 실현 가능성의 목표로 인식되는 경우가 많다. 하지만 내가 생각하는 꿈은 가까스로 닿고 싶은 간절한 동경과 희망의 대상이다. 꿈꾸는 동안만큼은 원하고 희망하는 방향으로 움직이게 한다. 꿈은 쉽게 닿지 않을 거리에 둥둥 떠 있는 거대한 풍선 같다. 거대한 꿈을 꾸는 우리는 거대한 이상을 위해 놀랍도록 성장하고 변화한다. 마주하는 현재가 고되고 힘들지만 꿈을 꿀 때만큼은 힘을 낼 수 있다. 예전에 글을 읽다가 눈에 띄는 구절이 있어 저장해 둔 칼럼이 있다. 바로 〈한국일보〉 오피니언 란에 기재된 장용민 소설가의 「[삶과 문화] 꿈의 정의」에 관한 글이다. 작가는 꿈에 대해 "인생을 바치기에 아깝지 않은 신기루"라고 정의한다. 사막 한가운데서 목마름에 허덕일 때 지평선 너머에 보이는 신기루만큼 간절한 것이 없다는 것이다. 비현실적인 형태지만 상상만으로 행복의 그림 같은 존재. 희망적인 삶을 살게 하는 원동력. 꿈은 우리에게도 그런 것이다. 어떤 사람은 꿈이 막연하고 진부한 개념이라고 생각한다. 하지만 꿈꾸는 사람은 절대 진부한 인생을 살지 않는다. 꿈을 꾸는 동안은 새로운 인생을 그린다. 기대와 희망으로 실행 가능한 일들을 만들어 간다. 칼럼의 마지막 글에 작가의 안타까움이 묻어나는 대목이 있다. 어묵 하나에 술잔을 기울이며 꿈을 나누던 모습을 그리워하고, 현실에 안주할 수밖에 없는 지금을 씁쓸해 한다. 나이가 들수록 꿈은 가슴 속에 접어 두고 현실 고민의 이야기가 한바탕 펼쳐지는 일이 많아진다. 그렇지만 '어쩔 수 없지.'라는 말보다 '그래도 해 보려고.'라는 꿈에 대한 소신 있는 발언이 자주 들렸으면 좋겠다. 우리는 잘 먹고 잘살 걱정보다 잘 꿈꾸고 잘 즐길 기대를 해 봐야 한다.

"내 어린 시절 우연히 들었던 믿지 못할 한마디

　이 세상을 다 준다는 매혹적인 얘기 내게 꿈을 심어 주었어

　말도 안 돼 고개 저어도 내 안에 나 나를 보고 속삭여

　세상은 꿈꾸는 자의 것이라고 용기를 내 넌 할 수 있어

　쉼 없이 흘러가는 시간 이대로 보낼 수는 없잖아"

　한동안 애니메이션 〈원피스〉의 OST가 인기를 얻은 적이 있었다. 바로 가수 코요태가 부른 〈우리의 꿈〉이다. 최근에 이 노래가 다시 회자되더니 자주 들었다. 노래를 듣고 있으면, 어른이 되어도 꿈을 꾸고 싶은 용기가 생긴다. 꿈이 모호하고 장황하며 헛되면 좀 어떠하리. 노래 가사처럼, 원하는 세상은 꿈을 꾸는 주인이 되어야 얻을 수도 있다. 꿈을 꿀수록 꿈에 가까이 닿고 싶은 갈망이 솟구칠 것이다. 꿈이 있어 현재가 두렵지 않고, 꿈을 꾸기 때문에 내일이 기대된다.

꿈꾸는 것만으로 행복한 인생이 시작된다.
우리는 꿈 개념이 있는 어른으로 희망을 품고 살아갈 자격이 충분하다.

이 죽일 놈의 자존심

'아 자존심 상해.'

살다 보면 이런 생각에 사로잡힐 때가 있다. 남에게 굽히면서 자신의 부족한 면모를 드러내는 것이 힘든 것이다. 타인에게 불편함을 주거나 부담 주는 것이 꺼려진다. 그러다 보면 남한테 부탁하기도 어렵다. 거절하고 거절당하는 것에도 의연하지 못하다. 이런 성향으로 뭉쳐 있는 나는 5년 전 회사를 그만두고 경력 단절을 맞이했다. 11년간 회사원에서 전업주부로 지내면서 한동안 무기력했다. 통장으로 월급을 받다가 남편이 주는 월급에 의지하게 되었다. 어쩌면 다행인 상황인 줄 알면서도, 돈을 타 쓰는 처지가 되면서 자존심이 구겨지는 기분이 들었다. 가장 납득 하기 힘든 점은, 나에게 자존심이 가장 상해 있다는 것이다. 필요한 것이라면 자유로운 소비를 아끼지 않았던 지난 시절은 이미 사라졌다. 지금은 제한된 금전 상황을 의식하며 물건을 장바구니에 수십 번 넣었다 빼는 현실을 살고 있다. 여전히 '나도 독립적으로 일하고 돈도 벌었던 사람이야.'라고 외치며 달라진 현재를 받아들이지 못할 때가 많다. 경제적인 상황도 그러한데 회사를 나오니 사회에서 완전히 멀어진 기분이 든다. 직접 결정한 퇴사를 후회한 적은 없지만, 회사를 다시 다니기 어려워진 여건이 쓸쓸할 때가 있다. 여전히 무탈하게 회사에 다니는 주변 지인들이 참 부러웠다. 전업주부인 지인이 나에게 이런 말을 한 적이 있다.

"육아만 해도 바쁘고 정신없어. 그동안 너는 일도 원 없이 해 왔잖아. 무엇을 그렇게 하려고 해."

그녀의 말 한마디에 순간적으로 이런 생각을 했다. '너는 경제적으로 여유 있는 상황이니 육아에만 전념할 수 있겠지.'라며 누군가가 건넨 진심의 말에 괜한 반기를 든다. 돈을 당장 벌고 안 버는 것을 떠나, 경제적 주도권이 없어지니 삶의 주체성도 없어지는 느낌이다. 이런 공허한 마음은 나를 자주 작아지게 만들었다. 별것 아닌 일에 발끈하는 자존심만 센 사람이 되어갔다.

'아 이 죽일 놈의 자존심. 이게 뭐라고….'

요즘 따라 이런 탄식이 자주 새어 나온다. 소위 "자존심이 밥 먹여 주냐."라는 말처럼, 자존심 하나에 울고 웃는 삶을 사는 것도 꽤 안쓰러운 일이다. 이런 생각을 한쪽에 두지만, 끊임없이 자존심을 지키려는 일상과 씨름한다. 장롱면허에서 벗어나, 최근에 아기의 등 하원을 위해 운전을 다시 시작했다. 아직 미숙한 운전 실력이라 운전대를 잡은 나도, 가르쳐주는 남편도 긴장했다. 동네를 돌고 주차를 마칠 무렵, 남편이 짐을 내린다며 트렁크를 열어 달라고 했다. 그 순간 차의 트렁크 버튼이 무엇인지 헷갈려서 허둥댔다. 이런 내 모습을 보며 남편은 말했다.

"운전만 하는 것이 중요한 게 아니야. 차 안에 기능 버튼도 안 눌러 봤어?"

동시에 아기가 울어서인지 모르겠지만, 남편의 말이 날카롭게 들렸다. 그의 말이 틀린 것도 아닌데 갑자기 기분이 상했다. '왜 저렇게 이야기하는 거야.'라는 마음이 들면서 나의 부족한 운전 실력과 미숙한 태도가 들켜 버린 것 같아 자존심이 상했다. 원래 자존심의 기본적 의미는, 남에게 굽히지 아니하고 자신의 품위를 스스로 지키는 마음이다. 나와 타인 모두로부터 인정받고 존중받고 싶은 욕구가 포함되어 있다. 나의 경우, 현재의 운전 상태를 그대로 인정하면 되는 것이다. 그러나 누군가의 평가 어린 시선에 굽히고 싶지 않은 마음이 먼저 발동했다. 문제는 자존심을 유지하는 것이 아니라 지나치게 부리게 될 때다. 가끔 열등감과 자격지심이 난무하는 사람들은 급발진하듯 자존심을 내세우는 경우가 있다. 자존심이 지나치게 낮거나 높은 사람들은 타인의 평가에 휘둘리는 경향도 많다. 타인의 시선을 늘 의식하기 때문에 자신의 중심이 흔들릴 수밖에 없다.

정신건강의학과 전문의인 양찬순 작가의 『담백하게 산다는 것』이라는 책에 자존심에 대한 설명이 있다. 자존심은 부족하면 부족한 대로, 잘한 것은 잘한 대로, 있는 그대로의 나를 수용하고 이해하는 자세라는 것이다. 자신이 어떤 상태든지 그 모습 자체를 먼저 인정하는 것이다. 부족한 약점을 감추려 하거나 강점으로 보이려고 지나치게 애쓸 필요가 없다. 있는 그대로의 모습을 받아들이는 것이 자존심을 현명하게 부릴 수 있는 가장 기본적인 태도다. 요즘 나에게 '자존심 포켓'이 생겼다. 자존심을 상황에 맞게 넣었다 뺐다 하는 주머니를 말한다. 자존심은 매번 꺼내어 두지 않고 상황에 따라 포켓 안에 넣어 둔다. 자존심이 먼저 치고 나올 기승을 부릴 때, 잠시 넣어 두는 유연성을 발휘하는 것이다. 자존심이 잠시 주머니 안에 있을 때, 상황을 객관적으로 바라볼 수 있는 프레임이 만들어진다. 자신에 대한 인정이 먼저 시작된다. 동시에 주변 상황을 흡수하고 받아들이는 문이 개방된다. 타인이 하는 말과 행동에 지나친 감정을 싣지 않고 귀를 기울인다. 그러다 보면, 자신에게 더 어울리고 유익한 것을 얻는 기회가 생길 수 있다. 자존심에 대한 감정적 대응보다 품위 있게 지켜 내기 위한 지혜로운 노력이 필요하다.

이제 자존심에 상처가 날까 봐 노심초사하지 말고,
자존심을 유연하게 조율하며 지내보는 것은 어떨까.

오늘도 예민하게 구는 자존심을 당신의 자존심 포켓에 잠시 넣었다 꺼
내어 보자.

계획형 인간의 계획 없는 삶

지금의 나이가 되면 나는 굉장히 안정된 삶을 살 줄 알았다. 그러나 알 수 없는 불안정한 마음과 나아지지 않은 상황이 반복되었다. 이러한 불안을 잠재우기 위해 계획을 자주 세웠다. 그날의 할 일을 적고, 그해의 분기별 계획을 세운다. 아직 다가오지 않은 50대, 60대를 떠올리며 막연한 계획을 그려 보기도 한다. 원래도 계획형 인간이라고 짐작하고 있었는데, MBTI(심리 유형론을 바탕으로 Myers와 Briggs가 고안한 자기 보고식 성격 유형 검사 도구) 검사 결과, 'J(Judging, 판단형)'라는 유형이 나왔다. 이 타입은 준비성이 있고 철두철미하다는 성향을 갖고 있다. 계획을 끊임없이 세우고 이를 실수 없이 이행하는 것을 좋아한다. 나의 J 성향이 일상에도 유감없이 드러난다. 예를 들어, 다른 사람들과 약속을 정할 때 미리 날짜를 잡는다. 만나기 최소 2~3일 전까지, 시간과 장소 모두 명확하게 결정되는 것을 좋아한다. 만약 약속이 불분명해지면 신경이 쓰인다. 평소에 계획한 일이 틀어지거나 성사되지 못하면, 큰 실망감을 감출 수가 없다. 예전에는 계획에도 없던 일이 갑자기 생기면 큰일이라도 난 줄 알고 벌벌 떨기도 했다. 평소 사람들에게 자주 하는 말이 있다.

"지금 50분이네. 5분 정도 커피를 더 마시다가 이동하자."

입버릇처럼 5분이라는 시간을 언급한다. 시간에 강박관념이 있는 사람은 아니지만, 굉장히 의식하는 버릇이 있다. 이 모든 것이 계획에 의존하며 사는 고루한 성향을 보여 준다. 한때 계획하는 삶을 사는 것은 당연한 노력이라고 생각한 적이 있다. 내일을 예측하여 미리 준비하고 대비하는 부지런한 태도를 만들어 주기 때문이다. 안타까운 것은 계획이 실행으로 옮겨질 때 내적 스트레스가 강하게 작용한다는 것이다. 스스로 한계선을 엄격히 정해 놓고 지속적인 긴장감을 유발한다. 김익한 작가가 쓴 『파서블』이라는 책을 보면 "계획 속에 자유가 있다."라는 구절이 있다. 스스로 생각하고 계획한 방향대로 실행할 수 있다는 것 자체가 극대화된 자유라고 말한다. 심지어 이러한 계획은 잠재력을 최대치로 끌어올리는 최선의 방법이라고 한다. 이런 해석은 개인적으로도 공감이 되는 부분이다. 계획을 하면 오히려 구속을 당하여 자유가 제한된다고 생각할 수 있다. 하지만 설정한 목표로 가기 위해 다양한 실행을 하는 동안만큼은 주체적으로 자유로울 수 있다. 자유로운 계획은 실행의 방향성을 감지하게 하고 앞으로 나아가게 한다. 하지만 계획이 실행으로 연결되면서 실행 완수만 좇는 마침표에 집착하는 일이 많아졌다. 그동안 계획 속에 존재하는 진짜 자유로움을 너그럽게 허락하지 못한 채 지내온 것이다. 언젠가부터 스스로 짜놓은 계획의 덫에 빠져 허덕였다. 계획을 야심 차게 세워도 온전히 실행하지 못할 때가 많았다. '지금 이 계획을 세우는 것이 과연 맞나, 무슨 의미가 있나.'라는 의문이 들기 시작했다.

'인생이 꼭 계획대로 살아지는 것은 아니구나.'

나이가 들수록 이런 생각을 자주 하게 된다. 이 길을 걷고 싶다 하더라도 걷다 보면 끊임없이 다른 길을 만나게 된다. 계획에도 없는 또 다른 길 앞에 서서, 어떤 마음으로 마주하고 대처할 수 있을까. 인생의 노선을 계속해서 두드리며 찾아가는 과정이 절대 쉽지 않다. 어느 날, 귀에 쏙 들어오는 기가 막힌 비트의 노래에 빠지게 되었다. 바로 장기하의 〈그건 니 생각이고〉라는 노래다.

"이 길이 내 길인 줄 아는 게 아니라
  그냥 길이 그냥 거기 있으니까 가는 거야"

가다 보면 어찌저찌 내 길이 되는 거라는 가사가 시원한 위로가 된다. 계획대로 걷는 길은 안정적일 수 있지만, 그 길이 맞는 방향이라고 확신

하기 힘들다. 단지 우리가 계획한 길에 믿음과 자신감을 싣고 가는 것이다. 가끔은 계획 없이 무작정 걸어도 좋다. 무심코 들어선 길이 뜻밖에 삶의 전환 길이 될 수 있기 때문이다. 생각지도 못한 진입이 의외의 경험이 되어 인생에 도움을 줄 수 있다. 이제 나는 **빽빽한** 계획의 숲에서 벗어나 듬성듬성한 나무 사이로 산책하고 싶다. 설사 계획과 다른 길을 만나도 '그냥 그렇게 가도 돼.'라고 덤덤하게 나에게 말해 주고 싶다.

계획하지 않더라도 풀리는 인생을 만날 수 있다.

가끔 계획 없이 살아도 충분히 잘 흘러가고 있는 매일이다.
그냥 그렇게 흘러가서 그냥 그렇게 살아도 괜찮다.

가장 믿어야 할 종교, '셀프교'

"왜 사람들은 자기를 함부로 대하는 사람을 사랑하게 되는 걸까요?"
"사람들은 자신이 생각한 만큼만 사랑받기 마련이거든."

〈월플라워〉라는 영화를 처음 보았을 때, 나는 이 대사를 여러 번 곱씹어 보았다. 10대의 성장통을 보여주는 청춘 드라마라고 하기에 절대 가볍지 않은 영화다. 말 못할 상처를 지닌 학생들이 함께 마음을 치유하고 극복해 나가는 장면들과 대사들이 굉장한 여운을 준다. 어릴 적, 이모에게 성추행을 당한 찰리는 이모가 교통사고로 사망한 기억까지 떠안은 채 고통스러운 트라우마를 겪게 된다. 그는 이모가 사랑했던 남자들이 이모에게 상처를 입힌 사실을 알게 된다. 그는 혼란스러운 감정을 갖고 선생님과 대화한다. 자신을 온전하게 사랑하지 못하는 사람은 결국 타인에게도 사랑받기 힘들다는 간접적인 메시지를 전해 준다. 한때 나는 이런 고민을 한 적이 있다.

'왜 사람들은 나에게 관심이 없을까?'

학창 시절부터 사회생활을 한 지난 시간이 머리에 스치듯 지나간다. 매 순간 다른 사람에게 관심을 쏟고 좋은 관계를 만들고자 부단히 애써 왔다. 이렇게까지 노력한 이유는, 타인에게 관심과 사랑을 먼저 주는 것이 나도 사랑받을 수 있는 가장 쉬운 방법이라고 생각했기 때문이다. 상대방으로부터 받는 지나친 관심은 싫지만 냉랭한 무관심이 가장 두려운 사람이었다. 그래서 관심과 사랑을 주는 주체는 항상 내가 되어야 한다고 여기며 살아왔다. 그러다 보니 다른 사람과 관계를 맺고 유지하기 위해 관계의 움직임을 먼저 시도한 적이 많았다. 타인에게 손을 내밀면, 다른 사람도 내게 화답하는 것이 당연한 논리라고 여겼다. 마음의 노력에도 불구하고 상대방이 어떠한 반응이나 헤아림이 없다면 그 사람에 대한 신뢰가 무너지기도 했다. 30대 중반까지도 나만의 마음 관계 원칙을 세우며 지내 왔다. 하지만 시간이 흐르고 관계의 경험들이 많이 쌓이면서 생각에도 변화가 일어났다.

'관계에서 쌍방향의 마음이 매번 오고 가기는 힘든 일이야. 모든 사람에게 사랑을 기대하며 전부 받을 수는 없잖아. 다른 사람에게 보인 배려와 관심의 노력을 나에게 먼저 보였으면 좋았을 텐데….'

알고 보면 자신에게 가장 무관심한 채 살아왔다. 자신에 대한 사랑이 비어 있기 때문에 다른 사람의 사랑으로 채우려고 했을지도 모른다. 상대방에게 사랑을 잘 받지 못한다는 생각도, 결국 나를 먼저 사랑할 줄 모르는 마음에서부터 시작된 셈이다. 스스로 충분히 사랑받을 수 있는 사람이라는 믿음이 없었다는 것을 확인하는 순간 나를 마음껏 위로해 주고 싶었다. 이제야 자신을 먼저 아껴 주고 싶다는 생각이 든다. 지난달, 가끔 연락을 주고받는 지인을 만났다. 그녀는 반가운 기색을 보이며 말했다.

"지현 씨는 재주가 많나 봐요. 글도 쓰고 공간 렌탈 스튜디오도 운영하니 대단한데요."

"아니에요. 누구나 마음만 먹으면 할 수 있는 것들이에요. 지금 여건에서 할 수 있는 최선이라 여기며 시작한 거예요. 아직도 자리 잡으려면 멀었어요."

누군가가 건넨 칭찬에 어쩔 줄 몰라 했다. 순식간에 아무것도 아닌 일을 한 사람으로 만들었다.

"무슨 그런 말을 해요. 아기도 어린데 육아하며 해 보지 않았던 새로운 일을 찾아보고 실행한 자체가 진짜 대단한 거예요. 남들은 핑계 대며 시작도 못 하는걸요. 용기 내는 것도 능력 중 하나에요."

멀리서 그녀는 나를 진심으로 응원하고 있었다. 갑자기 그녀의 말을 듣고 있는데 마음의 소리가 솟구쳤다.

'사실 매일 불안했고 저에 대한 의구심만 가득한 채 지냈어요. 일단 무엇이든 하고 싶었어요. 재주가 많다는 말도 난생처음 들어요. 솔직히 저 눈물 날 것 같아요.'

속마음이 새어 나올까 봐 연신 커피를 들이켰다. 타인의 칭찬에 지나친 겸손을 떨면서 동시에 다르게 말하고 있는 속마음 사이에서 당황스럽기까지 했다. 나의 장점이 따뜻한 칭찬과 격려로 되돌아올 때마저 스스로를 냉정하게 채찍질하고 있었다. 자신에 대한 신뢰와 믿음이 마치 꺼져 가는 촛불처럼 희미하게 흔들리고 있는 것 같았다.

우리는 저마다 종교에 의지하며 살아간다. 신에 대한 믿음이 커질수록 삶이 사랑으로 충만해지고 행복해질 수 있다고 여긴다. 신에 대한 믿음도 좋지만 가장 믿어야 할 내면의 종교가 있다. 바로 자신에게 먼저 믿음을 먼저 보여 주는 '셀프교'이다. 쉽게 말해, 스스로 에게 믿음과 존중의 뿌리를 심어 주는 것이다. 나카시마 테루의 『자기긍정 심리학』이라는 책에 자존감을 나무에 비유한다. 자존감은 나무뿌리와 같아서 뿌리가 깊지 않으면 쓰러지게 마련이라는 것이다. 자존감 뿌리가 탄탄하고 안전하게 내려져야 어떤 상황에도 쉽게 흔들리지 않고 곧게 자라날 수 있다. 동시에 사랑의 거름을 함께 채워 주는 것도 중요하다. 사랑이 흡수된 뿌리가 건강하게 안착될 때, 생기 있는 잎과 아름다운 꽃을 피우는 성장이 동반된다. 이제 자신에 대한 믿음을 갖고 사랑을 베푸는 셀프교를 가져 보는 것은 어떨까. 자신을 먼저 믿어 주면 삶에 대한 자신감이 생긴다. 자신을 먼저 사랑하면 다른 사람도 사랑으로 포용할 줄 알게 된다.

셀프교에 입문한 당신은

아낌없이 자신을 믿으며 인생을 사랑할 준비가 되었다.

나란 사람, 엄마란 사람

"당신이 엄마가 되면 당신의 생각이 절대 하나일 수 없을 것이다.
왜냐하면, 어머니들은 항상 두 가지를 생각하기 때문이다.
하나는 자신을 위한 생각,
다른 한 가지는 아이들을 위한 생각이 그것이다."

- 소피아 로렌 -

나에게 아기가 생겼다. 두 번의 유산과 한 번의 시험관 끝에 딸을 만나게 된 것이다. 아기가 없던 시절에는 아이와 엄마의 세계에 대해 전혀 알지 못했다. 엄마가 되어 보니, 길을 지나가는 아이에게 저절로 눈길이 간다. 함께 걷는 아이 엄마에게 괜한 동질감을 느낀다. 엄마가 된 후, 나의 삶은 완전히 바뀌었다. 아기의 24시간 리듬에 따라 일상이 맞추어 흘러

갔다. 우주의 신경이 아기에게 꽂혀 있을 정도로 나에 대해 신경 쓸 겨를이 없어졌다. 출산 후 돌 전까지 수면 부족이 심했고 산후 우울증에 시달렸다. 지금도 몸과 마음은 늘 감기 기운이 있는 것처럼 피로하다. '엄마'라는 호칭은 익숙해졌지만 '엄마란 사람의 삶'은 여전히 낯설게 느껴진다. 엄마가 되어 아기를 만나 새롭고 행복한 기분은 들지만, 동시에 울적해지고 멍해지는 '양가감정'이 생겼다. 김효효리 작가의 〈ETERNAL BLOOM〉이라는 미술 작품에 대한 기사를 본 적이 있다. 결혼식장에 쓰인 많은 꽃이 시든 채 버려지는 것에 영감을 얻었다고 한다. 영원할 것 같은 존재가 결국 환경 쓰레기로 돌아오는 아이러니한 양가감정이 그림에 표현되었다. 이처럼, 두 가지가 상호 대립되거나 상호 모순되는 감정의 공존 상태를 일컫는 양가감정 상태에서 나는 여전히 혼란스러움을 느끼고 있다.

엄마란 사람의 일상을 들여다보면 양가감정의 연속이다. 출산의 고통스러움과 감사함을 느끼는 양가감정으로 시작하여, 주 양육자로서 뿌듯함과 동시에 억울함이 샘솟는다.

'엄마가 되면 누구나 다 그래. 감수해야지.'라고 사람들은 자주 이야기한다. 그럴 때마다 '왜 그래야 하는데?'라는 반문이 들 때가 많았다. 엄마가 되고 나서 여자와 남자의 삶을 비교할 때도 있다.

'여자들의 삶은 꽤 억울해. 출산만으로 온몸이 망가지지. 심지어 육아휴직을 쓰다가 어쩔 수 없이 회사를 그만두는 사람들도 많아지잖아. 남자들도 육아휴직을 써도 된다고 하지만 여자들만큼 쓰진 않지. 육아로 인한 경단녀는 들어 봤어도 경단남은 들어본 적이 없네.'

심지어 남편과 나의 일상을 비교하기도 한다. 아기를 하원 시키고 나서 시간을 보낼 때, 오후만 되면 에너지가 바닥을 친다. 그때 남편이 늦는다는 연락은 절대 유쾌하지 않다. 사회생활을 하다 보면 야근도 해야 하고 회식 자리도 있을 수 있다. 머리로 수백 번 이해하지만, 마음으로는 흔쾌히 받아들이기 힘들었다. 이유를 불문하고 외부 생활을 자유롭게 할 수 있다는 사실만으로 남편이 부러웠다. 말만 공동육아이지, 육아는 집에 있는 사람의 몫이 클 수밖에 없다. 충분히 받아들일 수밖에 없는 상황인데, 가끔 울컥하며 드는 억울함은 감출 수가 없다.

엄마가 되면 엄마란 사람의 시간이 기하급수적으로 늘어난다. 반면, 나란 사람의 삶이 현저하게 줄어든다. 육아와 평행선을 타고 엄마의 역할이 많아진다. 자유롭게 영화 한 편을 보거나 아침 늦게까지 낮잠을 잘 수 있는 달콤한 여유를 바라는 것은 일상의 사치였다. 예전처럼 사람들과 만나 오랜 시간 밖에 있기도 힘들어졌다. 어느 날, 오전에 카페에 가서 커피 한잔을 시켰다. 한 모금 마시고 글을 쓰고 있는데 괜히 입가에 미소가 번진다. 노트북의 타자를 두드리는 것만으로도 일상에 에너지가 도는 것 같다. 밑바닥까지 꺼져 있던 삶의 의욕이 하나둘씩 솟아오르기 시작한다. 갑자기 배우고 싶고 배워야 할 것들이 눈에 들어온다. 관련된 것들은 일단 저장만 한 채, 눈이 바쁘게 움직인다. 돌아가는 세상에 동참

하고 싶지만 당장 현실 불가한 일들이 앞선다. 어디선가 나에게 외치는 소리가 들렸다.

'정신 차려. 이제 너는 엄마야. 머리로 생각하는 것들을 다하고 살 수 없잖아.'

마음 한구석에서 이미 현실 파악이 되고 있음을 감지했다. 엄마가 된 이후, 오롯이 나를 위한 시간과 금전적인 여유는 희미해져 갔다. 목을 조여오는 것 같은 제약들이 삶의 의욕마저 꺾는 것 같았다. 며칠 전, 아이를 키우는 친구와 오랜만에 통화할 일이 생겼다. 그녀는 육아가 힘들다고 툴툴 대지만 그 일상에 자연스럽게 젖어 사는 것처럼 보였다. 육아 이야기가 나올 때면 지친 기색 없이 오히려 화색이 돈다. 통화 중에 나는 조심스럽게 물어보았다.

"아이를 위한 일과대로 하루 종일 함께 있으면 지치지 않아?"
"당연히 지치긴 하지. 그런데 나도 익숙해졌나 봐. 엄마니까 함께 있고, 함께 시간 보내는 거지 뭐."

'엄마니까'라는 문구에 여러 가지 생각에 잠긴다. 불과 작년만 해도 이 문구에 이런 의미 부여를 했을지도 모른다. '엄마니까 해내야 하고 해야 하니까.' 엄마는 모든 것을 감수해야 하는 희생적 존재였다. 하지만 시간이 지나면서 이런 생각도 조금씩 변해 갔다.

"엄마!"

딸아이가 웃으며 나에게 달려온다. 나를 살포시 안아 주더니 작은 손으로 어깨도 톡톡 두드려 준다. 어느덧 내가 엄마라는 것을 인지하고 반갑게 맞아 준다. 엄마라고 말하는 것도 신기하다. 가끔 나에게 달려오면서 보이는 특유의 찡긋 미소가 있다. 그것을 맞이하는 나의 입가가 순간 무장해제 된다. 지인의 말처럼, 나도 모르게 '엄마니까'라는 말을 자연스럽게 하고 있다.

'엄마니까 이런 광경도 다 겪네. 엄마니까 말로 표현하지 못할 이런 감정도 느낄 수 있는 거지'

자세히 보면, 엄마란 사람이 된 순간 나란 사람이 사라진 것이 아니었다. 엄마가 된 자격과 기회의 영광이 인생 앞에 나타난 것이다. 그동안 느끼지 못한 또 다른 삶의 기쁨을 조금씩 발견해 가는 중이다. 엄마가 되면서 무한한 사랑의 가치를 알게 되었다. 물론, 낯선 행복의 감정은 현실적인 육아 고충과 얽히면서 깨지기도 한다. 아기가 생떼를 부려 마음처럼 케어가 되지 않을 때, 심신은 바닥이 나고 감정에 인내심이 생긴다. 엄마로서 감정 절제가 되지 못한 날, 아기에게 미안해진다. 동시에 어떻게 더 현명하게 아기를 돌볼 수 있을지 고민하는 시간을 가질 수 있었다. 나만의 돌봄 법을 스스로 터득해 나가기도 한다. 이 모든 순간 뒤에 어느새 단단한 인내심이 만들어져 있다. 엄마가 되면서 겪게 되는 다양한 삶의 경험을 헤쳐 나갈 수 있어 더할 나위 없이 감사하다.

　엄마가 된 이후, 인생에서 두 가지를 한꺼번에 얻었다. 평생 자식을 마음에 품고 사랑을 줄 수 있는 엄마의 삶, 엄마로 살면서 지혜로운 인생을 배워 가고 있는 나의 삶, 이 두 가지가 그것이다. 잃어버린 것이 아니라 얻은 것이 많아진 삶을 살게 된 것이다.

　나란 사람이 엄마란 사람과 숙명처럼 만났다.

　나와 엄마라는 한 존재가
　두 가지의 인생 가치를 기쁘게 깨달아 가는 중이다.

몸을 가꾸는 정원사

요즘 들어 '골골댄다.'라는 수식어가 나에게 자주 붙기 시작했다. 침대에 앓아누울 정도로 심하게 아픈 것은 아니지만 몸이 상쾌하지 못한 날이 많아졌다.

"몸이 예전 같지 않아. 조금만 신경 써도 피곤해."

이런 말을 하면서도 하루의 보상을 야식에서 찾는다. 육아하면서 늦게 먹는 습관이 잦아졌다. 치킨, 분식류가 돌아가면서 주식이 되어 버렸다. 거기에 곁들이는 시원한 맥주나 와인 한잔의 유혹에 금방 넘어간다. 가끔 집밥이 그리울 때는 이마저도 사 먹는 경우가 대다수다. 이러한 식습관과 운동 부족으로 몸무게는 서서히 늘어가고 부기는 심해졌다. 건강

염려증이 있는 사람치고 생활 습관에는 지나치게 관대했다. 남에게는 건강을 꼭 챙겨야 한다고 당부하면서, 정작 나의 건강은 챙기지 못한 채 지내고 있다. 이런 날이 많아지면서 마음만큼 몸이 안 따라 줄 때가 많아졌다. 쉽게 방전되고 지치는 체력 때문에 피로는 쌓여갔다. 몸이 안 따라주니 할 수 있는 것들과의 한계에 부딪히기 시작했다.

서울 아산병원 정희원 교수가 쓴 『당신도 느리게 나이 들 수 있습니다』라는 책에 이런 구절이 있다. 기대여명을 10년 이상 늘리는 간단한 건강 습관은 실천하지 않으면서 기대여명을 몇 주 늘리는 암 치료법에는 전 재산을 쏟아붓는다는 것이다. 우리는 몸에 이상증세가 있을 때 병원비를 부담하기 바쁘다. 의료계는 건강 습관보다 약물 치료를 강조하기 급급하다. 병원에서 부모님을 간병할 때, 나는 생소한 항암제에 대한 설명을 주로 들었다. 항암 후 떨어진 체력을 회복하는 방법에 대한 설명은 거의 듣지 못했다. 약이 우선이지 몸 상태는 그다음이었다. "이번 항암은 안 할 수 없나요? 엄마가 너무 힘들어해서요."라는 말을 교수에게 한 적이 있다. 그럴 때마다 이런 답변을 들었다. "지금 쉬게 되면 전이된 부위의 크기가 더 커질 수도 있어요. 일단 하시는 것이 좋습니다." 완전히 피폐해진 몸 상태에도 항암을 반강압적으로 요구받았다. 돌이켜 보면 씁쓸한 기억이다.

우리는 아파지고 나서야 비로소 병원을 찾는다. 그때마다 건강관리를 소홀히 한 시간들로부터 후회한다. 건강검진을 받고 결과가 나올 때마다 늘 두려워진다. 해마다 보이지 않은 증상과 병명을 만날 때마다 정신이 번쩍 난다. 이제는 정신을 차리지 않으면 안 될 시점에 이르렀다. 나이가 들수록 몸은 정직하게 노화되고 있다. 지금부터 건강관리를 어떻게 하느냐에 따라 인생 후반의 건강 상태가 결정될 것이다. 부모님 두 분이 암 환자였기 때문에 가족력으로 인해 나는 늘 불안함을 느끼고 있다. 그래서 남들보다 건강관리에 더욱 철저해야 한다는 강박관념이 있다. 예전에 운동센터에 등록하고 부지런하게 운동하던 시기가 있었다. 하지만 그런 날도 꾸준하지 못했다. 필라테스나 요가도 마찬가지다. 오래 해도 최소 3개월이었다. 지난 경험을 돌이켜 보면 평생 운동을 지속해서 한 기억이 없다. 운동을 귀찮아하기도 하고 큰 즐거움을 느끼지 못했다. 게다가 건강관리와 거리가 먼 생활 습관이 가장 큰 문제였다. 예전에 친구들을 만나 점심을 함께한 적이 있다. 메뉴를 고르던 중, 친구 한 명이 걱정스럽게 말했다.

"내가 요즘 살이 좀 붙어서 다이어트를 해야 할 것 같아."

이 말을 한 친구는 누가 봐도 날씬한 몸매의 소유자였다.

"네가 뺄 살이 어디 있어. 마른 사람들이 더 이런다니까. 우리 나이에 잘 챙겨 먹어야지."

나와 다른 친구는 그녀의 말을 받아쳤다. 생각해 보면, 나이가 들수록 체중을 관리해야 하고 더불어 골고루 챙겨 먹는 식습관도 중요하다. 특히 여자들은 살찌는 것에 민감한 편이라 대화에서 다이어트 주제가 거의 빠지지 않는다. 중요한 것은 살이 빠져 보이거나 살이 쪘다는 것에 지나치게 집착할 필요가 없다는 것이다. 인생 중반의 나이가 되면서, 우리는 건강을 염려하고 안녕을 논할 때로 접어들었다. 아름다움을 위한 다이어트에서 건강을 위한 다이어트의 개념으로 흘러가고 있다.

올해 보도된 〈머니투데이〉의 한 기사에 따르면, 최근 인기 음식인 마라탕후루(마라탕+탕후루)를 자주 즐겨 먹는 젊은 20~30대의 당뇨 환자가 무려 25% 늘어났다고 한다. 맵거나 달고 짠 음식이 젊은 세대의 고혈압, 당뇨병 유발의 주원인 중 하나로 꼽히고 있다는 안타까운 기사다. 이미 젊은 세대들이 굉장히 선호하는 음식이라는 사실이 체감된다. 마라탕과 탕후루를 한번에 해결할 수 있는 음식점들이 눈에 띄게 많아졌다. 이음식 조합으로 먹방을 찍는 유튜버의 영상 조회 수가 높기까지 하다. 기사를 읽다 보니 남의 이야기만은 아닌 것 같다. 오래전에 나는 고혈압 판정을 받았다. 아버지가 고혈압으로 오랫동안 약을 먹어서 가족력이 있을 수 있지만 다른 원인이 분명 크다고 생각한다. 뜨겁고 짠 것을 즐겨 먹던 시기가 있었다. 심지어 기름진 음식을 꽤 좋아하는 편이다. 잘못된 식습관과 수면 불균형, 운동 부족 등 비뚤어진 생활 습관이 수십 년째 자리잡게 되었다. 이 무서운 습관은 어느새 나를 고혈압 환자로 만들었다. 고혈압을 방치하면 협심증, 심근경색 및 돌연사까지 위험한 합병증을 초래할 수 있다. 마치 몸속에 시한폭탄을 담고 산다고 해도 지나치지 않는다. 40대의 나이도 한창 젊은 나이인데 벌써 환자가 되어있으니 기가 찰 노릇이다. 지금까지 외면해서 망가진 몸을 더 버려둘 수 없게 되었다. 마음처럼 따라주지 못하는 몸을 이제 따를 수 있도록 회복시켜야 한다. 다양한 건강 습관이 있지만 요즘 실천하는 것이 하나 생겼다. 바로 주 3회 30분씩, 혹은 1시간씩 밖에서 걷는 것이다. 꾸준한 속보 운동으로 수축기 및 이완기 혈압이 각각 5㎜Hg 정도 낮아질 수 있다고 한다. 엉덩이가 무거워 앉아 있는 것이 마냥 좋은 사람이지만, 이제 무작정 걷고 움직이려고 애쓰는 중이다. 건강 리추얼을 하나씩 늘려가며 나의 몸을 혹독하게 아껴 주어야 할 때이다.

"우리의 몸은 정원이요,
 우리의 의지는 정원사다."

윌리엄 셰익스피어가 남긴 말처럼, 나이가 들수록 우리는 의지를 갖는 몸의 정원사가 되어야 한다. 아무리 멋진 정원이 있더라도 제대로 관리하지 않으면 그 정원도 결국 망가지게 된다. 몸이 스스로 치유하고 회복하는 것에도 한계가 있다. 몸의 주인이 굳은 의지를 갖고 건강하게 정원을 가꾸려는 노력이 필요하다. 몸도 마음도 건강해야 인생에 웃는 날들이 많아진다. 이제 몸이라는 정원을 자발적으로 책임지고 보살펴야 한다.

병 걱정 없이 행복한 날을 보내고 싶다면,
우리는 적극적으로 몸의 정원사가 되어야 한다.

10min

나를 다시 찾아가는 시간

요즘 이 책을 읽고 있으면 나를 조용히 들여다보는 것 같다. 변예슬 작가의 『나를 찾아서』라는 그림책이다. 이것은 다시 봐도 추천하고 싶은 인생 그림책이다. 주인공 물고기는 자신에게 없는 빛나는 것을 찾아 계속 물들기 시작한다. 다른 것에 물들기 시작하면서 자신의 모습도 점차 변해갔다. 어느 날 물고기는 커다란 눈들로 가득 찬 곳에 갇히게 된다. 그 눈들은 일제히 물고기에게 자신을 잃어버렸다고 일러준다. 물고기는 눈을 피해 도망쳤지만 다시 거울에 갇히게 된다. 거울을 들여다보고 있을 때, 거울 속에 비친 아이가 자기를 기억해 달라고 말한다. 이때 물고기는 아이에게 다가가 입을 맞추는데, 그 순간 물고기 안에 낯선 모든 것이 나오기 시작한다. 동시에 물고기 안에서 빛이 나온다. 이것이 바로 물고기 내면의 아름다운 빛이다. 작은 물고기의 행보는 진짜 나를 찾아가는 삶의 여정과 닮아 있다. 한때 세상에 물들기 바빴던 내가, 본연의 나를 알아가고 나만의 색채로 물들이고 싶어졌다. 인생 중반으로 향해 가는 요즘, 이제야 인생 중심에 나를 올려 두게 되었다.

"요즘 너는 어떤 사람인 것 같아, 어떻게 살고 싶어?"
"예전에는 뭔 소리가 하고 싶냐? 라고 했을 텐데, 순간적으로 진지하게 고민하고 있네."

나에게 이런 질문과 답변이 오가도 어색하지 않을 사람들이 생겼다. 이런 대화를 하다 보면 우리가 진짜 어른이 되어 가나 싶다. 그동안 우리는 정신 없이 사회에 물들고 자신의 색을 잃어버린 채 살아온 날들이 많았을지도 모른다. 나를 다시 찾아가고 싶은 마음이 생겼다는 것은, 있는 그대로의 자신을 받아들이고 원하는 삶을 만들고 싶다는 포부와도 같다. 본격적으로 나를 찾고 싶다는 생각이 든 계기가 있다. 아픈 부모님과 이른 헤어짐, 갑작스러운 퇴사, 그리고 뒤늦은 출산 등이 그것이다. 삶의 전환문이 한꺼번에 열리면서 인생에 대한 수많은 궁금증이 생기게 되었다. 이러한 과정을 겪으면서 마치 공중에 붕 뜬 듯 방황하는 기분이 자주 들었다. 자신에 대한 모호함이 늘어 갈수록 돋보기를 대고 뚜렷하게 들여다보고 싶을 정도다. 예전에는 나에 대한 무의식과 근거 없는 확신 사이에서 버티며 지내 왔다. 이제는 자신을 끊임없이 스캔하며 분명한 자의식을 갖고 살아가고 싶다. 나의 본질을 깨달아 갈수록 삶의 리더십이 피어난다고 믿는다.

나를 재발견하기 위해 다양한 경험을 시도하고 있다. 생각과 마음을 비우고 채우기 위해 쓰게 된 글쓰기, 눈도 호강하고 정서도 충만해지는 그림 감상, 그리고 회사원에서 사업가가 되기 위한 고민과 공부 등 마음이 먼저 가는 일상을 만들어 가고 있다. 게다가 개인적인 취향도 발견하는 중이다. 작년에 오픈 한 렌탈 스튜디오를 준비하면서 인테리어 기획을 직접 하게 되었다. 머릿속에서 공간을 시뮬레이션해 보았는데, 이미 확실한 취향이 자리 잡고 있었다. 따뜻한 계열의 색채, 단순한 구도, 예쁨이 묻어나는 세련된 분위기, 이 세 가지 취향 요소가 확실하게 드러났다. 스튜디오를 오픈했을 때 지인들은 웃으며 이런 말을 했다.

"와, 딱 주인 닮은 공간이네."

이 말에 나도 공감했다. 게다가 딸아이 옷을 보면 웃음이 나올 때가 있다. 아기 옷을 살 때마다 나의 패션 취향이 반영되기 때문이다. 먼저 위아래 색채 맞춤을 중시한다. 색채도 베이지, 핑크, 옐로우, 무채색 계열이 대부분이다. 화려한 패턴이나 무늬가 크게 없다. 취향을 자세히 들여다보니 좋아하는 요소가 무엇인지 확실하게 보인다. 최근에는 나를 자세히 보기 위해 생각 정리 툴에 관심이 생겼다. 그중 하나가 바로 마인드맵이다. 마인드맵은 머릿속의 생각과 아이디어를 시각화시키는 생각 정리 기술이자 도구이다. 일명 '생각의 지도'라고 일컬어지고 있다. 막연히 떠도는 생각을 정리해 보고 싶어서 읽어 본 책 하나가 많은 영감을 주었다. 바로 오소희 작가가 쓴 『샤넬보다 마인드맵』이다. 이 책은 아이의 엄마로서, 꿈을 갖고 성장하고 싶은 사람으로서 끊임없이 자신을 찾아가고 발전시키는 과정을 이야기하고 있는 에세이이자 마인드맵 활용서이다. 마인드맵은 놓쳤던 자신의 모습을 시각화해 주는 도구라고 말한다. 현재를 피드백하고 과거의 상처를 드러내어 치유해 주며 성장시킨다. 변화해야 할 지점을 향한 방향을 잃지 않도록 나침반이 되어 준다고 설명한다. 마인드맵을 참고하여 나는 먼저 노트에 인생 키워드를 나열한다. 이어서 상세한 항목들을 만들어 간다. 예를 들어 취향, 건강, 관계, 태도, 일, 돈, 감정, 육아, 교육 등의 큰 키워드를 먼저 그려 본다. 그다음, 키워드를 가지치기하여 세분화 된 키워드들을 만들어 간다. 하고 있는 것, 성취한 것, 좋고 싫은 점, 강점과 약점인 점, 배워야 할 것 등 사실과 생각을 적절하게 배분하여 답변해 본다. 마인드맵을 작성할 때마다 자신의 존재가 분명해지고 견고해지는 느낌이 든다. 복잡하게 얽혀 있는 나와 모든 삶이 마인드맵 안에서 선명하게 정의되고 또 정리된다. 생각과 마음을 꺼내어 정리해 보고 싶을 때마다, 나만의 삶의 지도를 펼치게 되었다.

　인생은 계속해서 발견되는 것이라는 말이 있다. 끊임없이 고민하고 탐구하며 풀어가야 할 과제가 요구된다. 우리는 자아 탐구 생활을 통해 내면을 이해하고 인생 탐구 생활을 통해 세상을 배워 간다. 우리를 다시 찾아가는 시간을 보내는 동안, 계속해서 발견되는 인생 깨달음의 보물들을 놓치지 말아야 한다.

끊임없이 자신을 탐구하는 사람이 인생의 깨달음을 얻고 성장한다.

1교시 치&휴 클래스 초대

사는 것이 유독 힘들게 느껴지나요?

당신의 마음이 지치고 피로하기 때문입니다.

보이지 않고 손에 잡히지 않는 걱정과 불안을 달고 삽니다.

열심히 살지만 번아웃과 무기력이 반복되어 쉽게 지칩니다.

가슴에 남아 있는 트라우마와 상처 때문에 남몰래 많이 울기도 합니다.

이러한 마음 피로가 쌓일 때, 삶에도 독소가 쌓이기 시작합니다.

마음이 먼저 개운해져야 당신의 인생이 건강해집니다.

마음이 좋아야 인생도 살맛 나게 됩니다.

지친 마음을 풀어 주는 치유와 일상의 휴식을 위한

마음 회복 코스, '치&휴 클래스'로 당신을 초대합니다.

지금부터 당신의 일상에 치유와 휴식이 깃든

삶의 습관을 위한 3가지 비법을 알려 드릴게요!

12:00pm

우리의 관계가 다시 시작될 때

무소식이 희소식만은 아니더라

어김없이 아침이 찾아오고 하루가 시작된다. 반복되는 시간을 보낼 무렵, 이런 생각이 스쳐 지나갔다.

'그 친구는 요즘 잘 지내고 있나?'

이유도 맥락도 없이 주변의 안부가 궁금해진다. 30대 초 중반만 해도, 누군가와 자주 연락하고 일상을 공유하는 것은 어려운 일이 아니었다. 40대가 되고 난 뒤, 규칙적으로 연락을 주고받고 안부를 묻는 일이 드물게 되었다. 오랜만에 친한 언니와 전화 통화를 하게 되었다.

"그동안 내가 전화 한 번을 못했네. 사는 게 뭐라고…."

"사는 게 다 그런 거죠. 저도 바쁘다는 핑계로 언니한테 제대로 연락을 못했는걸요."

우리는 서로를 마음에 담고 살았다는 것을 느낄 수 있었다. 자주는 아니지만, 연락이 닿고 안부를 물을 수 있다는 사실만으로 감사했다. 대화를 나눌수록 각자의 일상에 희로애락이 반복됐음을 알 수 있었다. 언니의 힘든 마음을 들여다볼수록, 무심했던 나를 반성하며 미안한 마음이 커졌다. 나이가 들수록 가장 슬픈 것은, 누군가를 들여다볼 마음의 여유가 많이 없어졌다는 사실이다. 그만큼 각자의 삶에 파묻혀 지내는 시간의 비중이 커졌다. 일상을 마음에 담고 살다가 만남의 자리에서 서로의 근황을 리뷰하는 상황이 벌어진다. 힘든 일을 겪었다 하더라도 그 시기가 한참 지나서 사람들을 만난다. 서로 '그런 일이 있는 줄은 몰랐어.'라는 말로 안타까움을 전한다. 이렇게 바쁜 시대에 삶의 근황을 자세히 나누기란 여간 어려운 일이 아니다. 하지만 가끔 닿는 안부가 있었다면, 상대방의 일상 뒤편에 자리 잡은 이면의 마음을 더 빨리 헤아릴 수 있을지도 모른다. 요즘은 인스타그램을 통해 사람들의 소식을 접하는 경우가 많아졌다. 그러나 SNS 사진들은 소위 행복해 보이는 사진투성이라 정확한 근황으로 보기 힘들다. 아이러니한 것은, 사람들은 상대방의 근황 사진만 보고 '잘 지내는지, 잘살고 있는지'를 섣불리 짐작하고 판단한다는 것이다. 상대방의 일상 속 내면을 절대 알 수 없다. 진짜 안부는 간접적인 매체를 통해 보는 것이 아니라 직접적인 연락을 취해 아는 것이다. 안부를 묻고 대화가 오고 갈 때, 그동안 헤아리지 못한 상대방의 무소식들이 숨어 있다. 옛 속담에 "무소식이 희소식이다."라는 말이 있다. 소식이 없는 것은 무사히 잘 있고 기쁜 소식이나 다름없다는 뜻을 함축하고 있다. 하지만 무소식에는 대비되는 표정들이 존재한다. 기쁜 표정의 희소식 얼굴이 있고, 놀라고 슬픈 표정의 비보 얼굴이 숨어 있다. 그러므로 우리 관계에 보이지 않은 무소식을 마냥 가볍게 넘기고 좋게 생각하기는 힘들다.

"언니, 어디 아팠어? 며칠 잠잠하길래 걱정돼서 전화해 봤지."

한번은 친한 동생이 안부를 물었다. 가끔 나의 소식을 물어봐 주는 고마운 동생이다. 그녀의 전화를 받을 때마다 나는 늘 반갑다. 그녀는 내가 잠잠하고 조용해져서 걱정부터 되었다고 한다. 아니나 다를까, 한동안 심한 편두통과 감기를 앓고 있었다. 아기도 아픈 바람에 3주 내내 심신이 힘들었다. 나이가 들면서 무소식이 희소식만은 아닌 경우가 생긴다. 결혼 후에도 친정엄마와 가끔 전화 통화를 하며 안부를 묻곤 했다. 겨울이 찾아올 때쯤, 엄마는 목감기에 자주 걸렸다. 그럴 때마다 엄마는 약도 지어서 잘 먹고 있다고 말했다. 그 후로 오랜만에 엄마와 통화를 하게 되었다. 이번 감기가 오래 가는 것 같다고 한 엄마는 갑자기 췌장암 판정을 받았다. 이런 일이 있고 난 뒤, 누군가의 뜸해진 무소식에 궁금해 하는 습관이 생겼다. 우리는 나이가 들수록 흔들리고 출렁이는 인생의 파노라마 배를 자주 타게 된다. 이런 삶의 굴레에서 잘 드러나지 않은 무소식이 매번 희소식만은 아닐 수 있다. 무소식이 무탈함을 전할 때도 있지만 이를 너무 안일하게 생각하지는 말아야 한다.

최근에 1인 가구가 증가하고 수명이 연장되면서 '고독사' 위험이 커지고 있다는 기사를 읽었다. 이러한 원인 중 하나가 고립적인 일상에서 나오는 경우가 많다는 것이다. 홀로 지내는 시간이 늘어날수록 정신적으로 무기력이나 우울증에 걸리기 쉽다. 고독, 외로움에 대한 감정들이 무관심 속에 방치되는 경우가 발생한다. 무관심이 무소식을 만들 수 있으며, 결국 무소식이 희소식만은 아닐 수 있다. 살면서 가장 아쉬운 핑계가 '내가 바빠서 연락을 못 했어.'라는 말이다. 가장 안타까운 변명은 '네가 바쁜 것 같아서 연락을 안 했지.'라는 말이다. 결코, 연락의 여부가 중요한 것이 아니다. 서로를 마음에 두고 지냈느냐가 우선이다. 나 역시 마음의 여유가 없어질 때마다 가까운 지인들에게 안부 묻는 일을 놓치곤 한다. 불현듯 지인들의 근황이 궁금해져도 당장 주어진 하루와 어지러운 마음을 챙기기 바빴다. 우리는 가까운 관계일수록 서로의 소식을 챙기며 사는 연습이 필요하다. 마음의 온기를 먼저 전하는 것에 주저하지 말자. 살피고 보듬으며 살아가는 것이 인생의 따뜻한 사랑을 나누는 길이 된다.

무소식을 희소식으로 바라기 전에,
소중한 안부를 먼저 전할 수 있는 관계의 배려를 잊지 않았으면 좋겠다.

내가 변한 걸까? 네가 변한 걸까?

오랜 관계를 한 사람들과의 사이에서 어색한 기운이 돌 때가 있다. 대화를 나눌수록 알 수 없는 이질감이 느껴진다.

'이 친구 왜 이렇게 변했어?'

한동안 나는 이런 생각을 한 적이 있다. 오래 알고 지낸 지인과 연락을 주고받는데 서로 다른 생각들이 튕겨 나온다. 공감되는 주제가 없어진 느낌이다. 대화가 불편해지고 끝내 말이 잘 통하지 않는다는 결론을 낸다. 그 후에는 연락마저 뜸해진 적이 있다. 언젠가부터 관계의 어색함을 발견할 때가 많아졌다. 새로운 인연을 맞이하는 것이 힘들지만 과거의 인연과 관계를 유지하는 것도 어려워졌다.

오랜만에 20대부터 알고 지낸 친구를 만난 적이 있다. 어릴 때 친구들을 만나면 추억 이야기를 빼놓을 수가 없다. 추억을 한바탕 쏟아 내며 서로 깔깔대며 웃는다. 추억을 회상하면서 자연스럽게 현재의 일상도 공유한다. 과거의 우리가 만나 지금을 나누는 순간, 갑자기 보이지 않는 괴리감이 느껴진다. 딱히 무엇 때문이라고 콕 집어 말하기 어렵지만, 어느새 우리는 변해 있었다. 취향, 생활, 환경, 사고방식도 달라진 시점에서 각자의 '변화'는 당연한 일이다. 심지어 어릴 때는 미처 파악하지 못한 친구의 성격이 이제야 이해되고 자세히 보인다. 세월이 흐르면서 우리는 계속해서 변해가고 변화한다. 어릴 적 함께한 시절 이외에, 서로 미처 보지 못한 삶이 숨어 있다. 가끔 서로 변한 것을 이해하고 인정하지 못해 관계에 무리수를 둘 때가 있다. '예전에는 잘 맞았는데 알고 보니 잘 안 맞는 사람이었네'라고 단정 짓는 것이다. 서로 맞고 안 맞고에 초점을 두게 되면 사람이 좋고 나쁘다는 흑백논리까지 연결될 수 있다. 이는 사람에 대한 편견을 쉽게 두는 위험을 가져다주기도 한다. 최근에 서점에서 만난 흥미로운 책이 있다. 바로 조윤제 작가의 『사람 공부』다. 책에 눈에 띄는 구절이 있다.

"좋고 싫음에 앞서 옳고 그름이 세워져야 한다."

사람을 보고 판단할 때 극단적인 감정적 개입을 최소화하는 것이 중요하다. 좋고 싫음에 대한 감정이 앞서 상대방에 대한 선입견으로 작용하기 전에, 사람에 대한 이해가 충분히 이루어져야 한다. 변화를 통해 변함이 생긴 것은 자연스럽게 인지하고 받아들여야 할 관계 유지의 공식이다. 최근에 몇 년 동안 힘든 시기를 보내고 새롭게 일을 시작한 친구를 만났다. 그녀를 보자마자 이런 말을 했다.

"요즘에 느낀 건데, 너 얼굴이 진짜 폈다. 편안해 보이고 여유 있어 보여. 보기가 너무 좋다."

내 말을 들은 친구도 살포시 미소를 짓는다. 6년 전에 만난 친구의 얼굴은 지금과 달랐다. 당시 그녀의 얼굴은 표정이 없어 보였고 여유가 없어 보였다. 당시 '내가 알던 사람이 맞나.'라는 말이 나올 정도로 놀라움이 앞섰다. 오랫동안 그녀는 힘든 상황을 겪고 있었다. 해 온 일이 잘 안되었고 연애도 순조롭지 못했다. 장시간의 방황을 한 그녀의 상황을 모르는 것은 아니었다. 하지만 막상 만난 자리에서 그녀의 건조한 말투와 어딘가 냉철해 보이는 모습이 어색하게만 느껴졌다. 그 후, 그녀와 만나서 이야기를 한 자리에서 미처 알지 못한 사실을 발견했다. 그녀에게 대놓고 말하지 못했지만 '왜 그렇게 생각하지?', '왜 그렇게밖에 결정하지 못한 것일까?'라는 의문을 가진 적이 있었다. 이런 궁금증 뒤에 감히 헤아리기 힘든 그녀의 속사정이 있었다. 구구절절 표현하지 못한 지치고 어려웠던 마음을 그때 알게 되었다. '그냥 좀 힘들었어.'라고 친구는 종종 말하곤 했다. 그러나 대화를 나눌수록 '그런 마음이어서 말을 못 했구

나. 혼자 얼마나 고민하고 힘들었니.'라는 마음이 생겼다. 서로를 잘 들여다보기 위해 섬세한 대화가 얼마나 중요한지 깨닫게 되었다. 프리드리히 니체가 쓴『초역 니체의 말』이란 책에 이런 말이 있다. 친구와 이야기하고 될 수 있는 대로 많은 이야기를 나누라고 말한다. 여러 가지에 관하여 이야기할 때, 이는 단순한 수다가 아니라고 강조한다. 문구를 읽을수록 우리가 나누는 대화의 본질이 얼마나 중요한지 느껴진다. 세심한 대화를 해 보아야 서로를 깊게 알게 되고 이해할 수 있다. 인간관계에서 연락과 만남의 수가 우선순위로 중요한 것이 아니다. 적게 만나더라도 서로에게 집중하며 배려하는 대화를 나누는 것이 굉장히 가치 있다. 대화를 하다 보면 타인이 말하고 싶은 내면이 보일 때가 있다. 의미 있는 이야기를 나눌수록 신뢰 있는 관계를 구축할 수 있게 된다.

언젠가부터 단순한 수다의 즐거움보다 깊이 있는 대화에 대한 갈증이 생겼다. 예전에는 사람들과 만나 힘든 일을 나열하며 스트레스를 호소하는 말을 많이 했다. 대화의 초점이 현재의 일상과 주변 사람들이 화제가 되는 경우가 많았다. 이제는 탓, 불만, 불평, 투덜거림이 가득한 무거운 대화 커튼을 과감하게 걷어내고 싶다. 이왕이면 함께 사는 인생의 희로애락을 나누며, 질적인 인생을 위한 반짝이는 대화를 하고 싶다. 인간적인 대화를 시도할수록 끈끈하게 관계를 이어 갈 수 있다. 우리는 여전히 함께 변해가고 변화하고 있다. 자연스러운 공생 흐름으로 받아들이고 간다면, 성숙해질 수 있는 관계의 끈을 다시 묶을 수 있다.

함께 가고 싶은 인연이라면

관계에 의문의 물음표 대신, 이해의 느낌표를 찍을 수 있으면 좋겠다.

가깝지만 투명 창을 내려야 할 때

‘분명 가까운 사이인데 왜 그 사람이 불편해 졌을까?’

인생 중반을 향해 가면서 인간관계에 대해 많은 생각을 하게 되었다. 표면적으로는 친분이 두텁고 가까운 사람들이 있지만, 마음까지 완전히 가깝다는 기분이 들지 않을 때가 있다. 오히려 어느 정도 선을 두고 관계하는 사람들과의 대화가 더 편할 때가 많다. 이런 고민이 많아질 무렵, 『관계를 읽는 시간』이라는 책을 만나게 되었다. 이 책은 정신건강의학과 의사인 문요한 작가가 쓴 심리서다. 작가는 상대와 거리가 가까워지면 전혀 의도하지 않아도 상처를 주고받을 수 있는 것이 인간관계의 본질이라고 언급하고 있다. 생각해 보면 어릴 때 나를 불편하게 하거나 상처를 준 존재는 가까운 가족이나 지인으로부터 시작된 경우가 많다. 나 역시 관계의 불편함을 만든 주체자일 수도 있다. 우리가 친한 사람들에게 더 많은 상처를 받는 이유는 서로 가까워질수록 '바운더리'의 경계가 허물어지기 때문이라고 한다.

여기서 바운더리는 너와 나를 구분하는 경계이다. 먼저 상대의 대화, 생각, 감정, 욕구, 가치관 등을 일방적으로 받아들이지 않는다. 각자의 다른 영역을 인지하며 받아들일 것은 받아들이고 거를 것은 거르는 필터 같은 존재로 바운더리를 정의한다. 관계가 가까울수록 필터링의 필요성을 인지하지 못한 채 바운더리를 넘게 되는 일이 발생하는 것이다. 서로 가깝다는 이유로 '친하니까 솔직하게 말할게.'라는 말로 의도치 않은 상처를 남긴다. 때로는 친하다는 당연한 믿음으로 서로 많은 것을 공유하기를 바라는 심리가 있다. 예를 들어 현재 무엇을 하고 사는지, 무슨 생각을 하고 있는지 공유하고 싶은 것이다. 서로 관심이 있어 가능한 심리지만 바운더리를 넘게 될 때 이마저 관계의 부담으로 작용 될 수 있다. '왜 나한테 진작 이야기하지 않았어. 내가 너무 몰랐네.'라는 말로 서운함을 드러내는 경우가 발생한다. 이런 경우, 상대방의 솔직한 심정을 알게 되어 오히려 미안하면서 고마운 감정이 들 수 있다. 그러나 이러한 경우가 자주 반복되면 마음의 부담으로 작용하고 서로의 경계를 이미 넘은 상태가 된다. 가까운 사이일수록 바운더리를 인지하고 지키는 것이 중요하다.

지난 시간을 돌아보니, 솔직함을 내세우며 내 위주의 조언을 할 때가 있었다. 매번 그런 것은 아니지만 지인들이 힘든 일이 있을 때, 불필요한 객관적 잣대를 긋는 것이다. 예전에 알고 지내는 동료와 커피 한잔을 마시며 대화를 나눈 적이 있다. 당시 소개팅을 한 그녀는 직접 겪었던 일화를 말해 주었다.

"지난주에 소개팅했거든. 딱 만나자마자 이건 아니다 싶더라고. 센스가 전혀 없어. 자기 관리도 안되어 있는 것 같고."

예전 같으면 이런 말에 바로 맞장구를 쳐주었을 것이다. 그런데 희한하게 말이 잘 떨어지지 않았다. 이런 경우가 꽤 많았기 때문이다. 소개팅 당사자의 기준이고 느낀 감정을 전달한 것뿐인데 희한하게 불편한 감정이 들었다. 그녀의 말을 계속해서 듣고 있다가 결국 한마디 했다.

"어떤 스타일을 원하는 거야? 모든 것을 다 맞추며 만나기 힘들다. 기준에 못 미치더라도 성격이 괜찮으면 몇 번 더 만나면서 노력해 봐."

사람의 연애기준은 다르고 판단도 자유다. 그러나 그녀는 마음속 기준이 늘 우선시 되어 보였다. 말로는 크게 바라는 것이 없다고 하지만 별로 그렇게 보이지 않았다. 아직 자신이 세운 틀에 사람을 맞추려는 듯한 심리가 커 보였기 때문이다. 물론 이 생각도 내 위주의 성급한 판단일 수 있다. 이런 판단이 솔직함을 가장한 무례한 발언으로 이어질 수 있다. 상대방의 상황을 이해하고 감정 그대로를 지켜 주면 되는 것이다. 서로를 위한 조언도 관계의 경계를 지키며 하는 것이 중요하다. 자신의 프레임에 상대방의 상황을 씌워 판단할 필요가 없다.

"슬픔을 나누면 약점이 되고, 기쁨을 나누면 질투가 된다."라는 말이 있다. 이 말이 완전한 정답이라고 할 수 없지만 적어도 공감 가는 부분은 있다. 인간은 어느 정도 감정적 동물이라 말 한마디에도 수많은 감정 그릇을 담는다. 가까울수록 감정의 미묘한 불씨가 빨리 타오르고 식을 수도 있다. 가까운 관계일수록 각자의 상황 자체에 초점을 두고 받아들이는 태도가 필요하다. 게다가 의식적인 감정 조율을 통해 상대방의 감정을 존중하는 것이 중요하다. 본능적인 마음의 창을 완전히 열어 두기 전에, 가끔은 투명 창을 내려 가까운 관계를 유지해 보는 것은 어떨까. 투명 창은 관계의 경계선이자 서로를 존중해 주는 최소한의 예의다. 만약 당신에게 누군가 투명 창을 두는 것이 느껴진다면 서운해 하지 않았으면 한다. 당신 역시 상대방에게 투명 창을 두고 싶은 마음이 들었을 때 미안해 할 필요는 없다. 아끼는 마음을 표시하고 좋은 관계로 오랫동안 지속하고 싶다는 시그널이기 때문이다. 투명 창을 둘 수 있는 당신은 이미 현명한 관계를 만들어 갈 줄 아는 사람이다.

가까운 관계일수록 말과 행동에 조심성을 기하며,
존중의 바운더리를 지켜 갔으면 좋겠다.

매번 대화의 주인공이 될 필요는 없어

"우리는 우리가 말하는 것보다 두 배 더 많이 들을 수 있도록
두 개의 귀와 한 개의 입을 가지고 있다."

- 에픽테토스 -

사람들과 만나 대화를 나눌 때 가끔 말을 많이 하는 나를 발견한다. "아줌마가 되더니 말이 많아졌어."라고 뻔뻔한 추임새까지 넣으며 대화를 이어간다. 자리 유형과 상황에 따라 말수가 달라진다. 대화의 에이스가 될 때가 있고 한없이 듣는 방청객이 되기도 한다. 가끔 대화를 주도적으로 한 날에, 함께 만난 사람들이 신경 쓰일 때가 있다.

'내 이야기만 하느라 정신이 없었네. 다음에는 그러지 말아야지.'

대화에 온전히 귀를 기울여 준 상대방에게 미안함과 동시에 고마운 생각이 든다. 사람들과 대화를 나누다 보면 이야기를 주체적으로 하는 주인공이 될 때가 있고 아닌 경우도 있다. 최근에 겪은 일을 쏟아내기 바쁜 사람은 어느새 대화의 주인공이 되어 있다. 반면, 상대방의 사연에 귀를 더 기울여야 할 때는 경청자 모드로 전환된다. 대화의 흐름을 막론하고 아이러니한 것은, 매번 대화의 주인공이 되는 사람들이 있다는 것이다. 쉽게 말해 자기 말만 하고 싶어 하는 것이다. 세상과 삶의 중심이 오직 그들뿐이라 주변에는 큰 관심이 없다. 이들은 대화 자체를 독식하기도 한다. 이런 사람들과 대화를 이어갈수록 기가 빨리고 진이 빠진다. 상대방에 대해 알고 싶지 않은 것까지 들어야 하는 고충도 크다. 설사 필요한 인맥이고 관계를 부득이하게 유지해야 한다고 해도, 관계의 선을 어느 정도 그을 필요가 있다. 매번 대화의 주인공이 되고 싶은 사람들은 자신의 말을 잘 들어주는 상대방을 계속해서 만나려는 경향이 있다. 이러한 심리가 전제된 만남의 대화는 유익하지 못하다. 관계의 이기적 행태를 보일 가능성도 충분히 있다. 이 모든 판단은 지극히 주관적인 견해이다. 하지만 누군가에게는 공감될 수 있는 부분이라고 생각한다. 실제로 주변을 둘러보면 자기식의 대화를 즐기려는 사람들이 꽤 있다.

비슷해 보이지만, 대화의 주인공이 되려는 또 다른 타입이 있다. 겉으로는 상대방의 말에 귀를 잘 기울이는 것처럼 보이지만 결국 자신의 이야기로 끌고 오는 타입이다. 처음부터 본인 이야기만 하는 유형과는 조금 다르다. 자연스럽게 대화를 하다가 '나도 그래. 그런데 나는 어떤지 알아?'라는 말로 시작되어 그들의 서사가 갑자기 펼쳐진다. 듣다 보면 대화의 주도권이 바뀌어 있고, 어느새 대화의 주인공이 되어있다. 사회에서 만나 알고 지내는 분이 있다. 그녀는 연락이 닿을 때마다 만나자는 말을 하는데 희한하게 망설여진다. 왜냐하면, 이분이 바로 '나도 그래. 그런데' 유형이기 때문이다. 그녀는 사회생활을 하면서 육아도 야무지게 하는 슈퍼우먼이다. 그녀와 만날 때마다 대화의 맥락이 자주 끊어진다.

"지현 씨, 어떻게 지냈어요? 맨날 바쁜 것 같던데?"
"육아만 해도 늘 정신이 없죠. 돈도 벌어야 하니 이것저것 일을 만들 궁리만 하네요."
"저도 정신이 늘 없어요. 그런데 요즘 들어 더 미치겠어요. 회사 분위기가 안 좋아졌거든요. 지난주에는 어떤 일이 있었는지 알아요?"

그렇게 시작된 대화로 내 안부는 갑자기 종료된다. 다시 나에게 초점이 맞춰질 무렵, 그녀는 자연스럽게 들어주다가 자신의 이야기로 귀결시킨다. 어떻게든 나의 이야기로 끌고 가려고 해도 그녀의 이야기 속으로 끌려간다. 이와 비슷한 경우가 엄마들의 대화에도 존재한다. 누군가 아이의 안부를 물을 때 자신의 아이 일상을 공유한다. 한참 말을 하고 있는데, "그건 우리 애도 그래. 그런데 우리 애는 말이야."라며 자신의 아이를 소환하여 대화를 급전환시킨다. 유독 자신의 아이에 지나친 관심을 드러내며 어떤 경우에든 대화 속에 아이를 결부시킨다. 같은 엄마의 입장으로 듣다 보면 썩 유쾌하지 않은 감정이 생길 때가 있다.

관계를 위한 대화 구조를 들여다보면, 목소리를 내길 좋아하는 사람이 있고 이야기를 듣는 것이 익숙한 사람도 있다. 매번 대화의 주인공이 될 필요가 없고, 꼭 들어 주는 미덕을 발휘할 필요도 없다. 이상적인 관계는 양방향으로 소통할 수 있는 대화가 전제된 관계다. 대화를 나눌 때 말하고 듣는 것이 어느 하나에 치우치지 않고 적절히 활용되면 좋다. 요즘은 대화를 시작할 때, 먼저 대화의 주인공이 되지 않고 귀를 열어 상대방의 말에 최대한 집중하려고 한다. '선 집중, 선 경청'을 시도하면 상대방이 의도하고자 하는 말이 명확하게 들리고 생각과 감정을 자연스럽게 읽을 수 있다. 그 후에 나의 목소리를 내면서 자연스럽게 말을 이어 간다. 이렇게 대화하다 보면 어느새 대화의 주인공이 되어있다. 그러다가 다시 상대방을 경청하며 공감을 전하기도 한다. 원래 대화의 숨은 주력자는 말을 많이 하는 사람이 아니다. 상대방의 말을 주의 깊게 들으면서 대화의 요지를 잡고 적재적소에 말하는 사람이다. 매번 말하는 주인공보다 소리 없이 경청하며 대화를 이끄는 주인공이 낫다. 이런 사람과 함께하는 대화는 늘 기다려질 것이다.

대화를 자주 나누고 싶은 사람이 관계를 빛나게 해 주는 주인공이다.

다정하진 않지만 매너 있는 사람

"사람의 매너는 자신의 초상화를 보여 주는 거울이다."

- 요한 볼프강 폰 괴테 -

　개인적으로 다정한 스타일의 사람을 좋아한다. 따뜻한 목소리, 온화한 인상, 그리고 배려심이 배어 있는 사람이다. '다정하다'는 원래 정이 많다는 의미이기도 하다. 〈경향신문〉에 김민섭 사회문화평론가가 쓴 「[숨] 다감함과 다정함의 차이」라는 칼럼에 이런 표현이 있다. "다정은 주변의 모든 존재에게 자신의 정을 보낸다."라는 것이다. 선택적인 정을 주는 것이 아닌 보편적인 정을 전한다는 말이다. 그래서 다정한 사람들은 대체로 사람들을 잘 챙기는 편이다. 온기 있는 결을 가진 사람들이다.

한창 연애하기 바빴던 30대 때의 나는 '다정하고 착한 남자'가 이상형이었다. 아무리 시대가 츤데레(새침하고 도도한 모습을 나타내는 일본어의 태어) 스타일이 매력적이라고 강조해도 크게 개의치 않았다. 표면적으로도 따스함이 넘쳐나는 타입이 훨씬 매력적이라고 생각했기 때문이다. 오래전에, KBS2에 방영된 〈동백꽃 필 무렵〉이라는 드라마를 재밌게 본 적이 있다. 드라마의 인기에 힘입어 출연한 배우들이 백상예술대상에서 수상하기도 했다. 그중에서 TV 부문 남자 최우수상을 받은 '강하늘'이라는 배우가 눈에 띄었다. 겸손한 자세와 떨리는 목소리로 수상소감을 마무리한 그에게 왠지 모를 인간미가 느껴졌다. 평소에도 좋아하는 배우 중 한 명이다. 이 배우를 볼 때마다 천성 자체가 착하고 다정하다는 생각이 든다. 사람들은 그를 향해 '미담 제조기'라는 별명을 붙여 주기도 했다. 영화 홍보를 위한 어느 인터뷰 자리에서 그는 별명에 대해 언급했다. 원래 자신은 착한 편이 아니라는 것이다. 단지 그의 얼굴과 시간을 함께 공유하는 사람들이 얼굴 찌푸리는 일 없이 웃으면 좋겠다고 말했다. 다른 사람들을 먼저 생각하고 웃음을 전해 주려는 마음이 확인된 만큼, 다정하고 따뜻한 배우라고 생각한다.

어느 순간부터 유독 다정함에 끌리고 집착하는 이유가 무엇인지 궁금해지기 시작했다. 바로 다정함과 거리가 먼 나에게 있었다. 가끔 튀어나오는 건조하고 직설적인 말투, 감정이 쉽게 읽히는 투명한 표정, 그리고 사람에 대한 명확한 호불호 등 다정함과 거리가 먼 요소를 갖고 있다.

즉, 정은 많지만 다정함이 결여된 사람이다. 이러한 면이 있어서 반대인 다정함에 끌리나 보다. 비록 다정하진 않지만 그래도 지키고 싶은 것이 하나 있다. 바로 타인을 배려하는 최소한의 매너이다.

　매너를 보면 상대방의 인격까지 보일 때가 있다. 일상생활에서 예의와 절차를 의미하는 매너는 관계에서 꼭 필요한 조건이다. 주변을 보면, 다정함과도 거리가 먼데 행동마저 무례함이 느껴지는 사람이 있다. 이런 사람을 만나면 말투로 먼저 기분이 상하고 무례함으로 무시당하는 감정까지 든다. 어느 날, 운영하는 스튜디오 건물 뒤로 쓰레기를 버리러 나간 적이 있다. 쓰레기봉투 하나를 버리고 뒤돌아 가는데 누군가의 볼멘소리가 들렸다.

"아줌마! 아줌마! 잠시 이리 와 봐요."
"저 말씀하시는 거예요?"

　건물을 관리하는 분이 나를 부르더니 쓰레기통 수거함 쪽으로 손짓했다. 다짜고짜 아줌마라고 소리 지르며 부르는 말투와 태도로 이미 감정이 상해 있었다.

"쓰레기를 왜 여기다 버려요? 안에 분리수거가 하나도 안 되어 있잖아요. 다시 가져가세요."

"제가 버린 게 아니에요. 무슨 말씀을 하시는 거예요?"

내가 버린 쓰레기봉투가 아닌데 그는 헷갈렸던 것이다. 누구나 실수는
할 수 있다. 하지만 그가 말과 행동에 최소한의 예의를 차렸다면 나 역시
감정적으로 굴지 않았을 것이다. 심지어 본인의 실수에 아무런 대꾸조차
하지 않았다. 무례함으로 불쾌했고 괜히 인성까지 의심되어 마음이 좋지
않았다.

사람을 대할 때 완벽한 다정함과 매너를 갖추기는 절대 쉽지 않다. 하
지만 다정하진 않아도 매너를 지키는 신중함은 필요하다. 매너는 우리
생활 전반에 걸쳐 있다. 운전할 때, 통화할 때, 대중교통 및 식당을 이용
할 때, 그 외 엘리베이터를 탈 때 등 기본적인 일상 에티켓이 요구되는
상황이 많다. 어느 자리든지 타인을 의식하며 배려를 갖추는 것이 중요
하다. 인사, 표정, 언행, 태도 등 관계에서도 무례함을 범하는 실수는 최
대한 하지 않는 것이 좋다. 매너를 갖추기만 해도 상대방에게 좋은 인상
을 남길 수 있다. 호감 있는 사람으로 인정받고 신뢰 있는 관계로 이어질
수도 있다. 일방적인 친절함이 아닌 진정성 있는 다정함이 함께 한다면
자신의 품격을 우아하게 높일 수 있을 것이다.

다정한 매너를 잊지 말고, 잃지 않는 관계가 되었으면 좋겠다.

다정한 관계가 지나간 자리에
따스한 배려의 흔적이 자주 발견될 것이다.

나는 몇 점, 몇 순위?

나의 관계 탐지기가 의구심을 갖고 작동할 때가 있다. 새로운 관계를 시도할 때, '의도성을 갖고 접근하는 사람들'이 눈에 띄었기 때문이다. 이런 사람들은 좋은 인맥을 쌓기 위해 온갖 노력을 마다하지 않는다. 여기서 좋은 인맥이란 사회적 배경이 어느 정도 보장된 부류와의 유대 관계를 말한다. 직업, 경제적 능력, 성과, 인지도, 넓은 인맥 등 누구나 인정할 만한 대열에 있는 사람들이다. 소위 잘나가는 배경의 사람들을 우선 조건으로 두고 인맥 쌓기에 열중하는 것이다. 이들은 사회적 배경이 보장된 사람들과 어울리는 것이 삶의 질 향상을 위해 오히려 현명한 행동이라고 여긴다. 상호 간에 필요성을 목적으로 교류하는 인맥 쌓기 자체가 잘못되었다는 말은 아니다. 사람보다 조건에 연연해서 의도적인 인맥 쌓기에 목숨 거는 태도가 안타까운 것이다. 마치 개인이 하나의 상품 가치로 매겨지는 세상에서 과연 나의 인맥 점수는 몇 점인지, 몇 순위나 되는지 궁금해진다.

인스타그램을 볼 때마다 다방면의 사람들을 만나게 된다. 퇴사하고 홀로서기로 많은 고민을 할 무렵, 나와 비슷한 상황의 사람들이 많다는 사실을 알게 되었다. 독립적인 삶을 살고 싶은 엄마들의 고군분투 하는 과정을 보고 있으면 굉장한 자극이 된다. 비슷하게 아이를 키우면서 어떤 사람은 이미 자신의 영역을 구축하고 성공적인 성과를 내고 있다. 또 다른 사람은 그들이 하는 일을 끊임없이 공유하며 홍보한다. 온라인 속 세상은 오프라인 못지않게 인맥 쌓기가 난무하고 있다. 먼저 팔로우 숫자로 현재의 유명세를 증명한다. 유명한 사람들의 피드는 많은 사람에게 관심을 받는다. 그들이 올린 사진, 영상, 글에 대한 반응이 항상 뜨겁다. 심지어 어떤 인친들을 보면 이미 그들만의 리그가 형성되어 있다. 그들은 새로운 모임을 기획하고 일로 조력하며 든든한 인맥을 뽐낸다. 각자의 계정에 서로 응원하고 칭찬하는 댓글이 가득하다. 이러한 상황을 지켜보면서, 개인적으로 알고 지내고 싶은 사람들이 생겼다. 넓은 인맥을 가진 사람들이 부러워서 그들의 그룹이 궁금해질 때도 있었다. 물론 관심사가 비슷하고 생각의 결이 맞는 사람들을 온라인에서 자주 교류하고 싶다는 생각이 우선이다. 하지만 내가 부족한 부분을 이미 채워 가며 성장한 사람들을 알고 싶은 인맥 쌓기의 욕구가 생기기 시작했다. SNS를 한참 보다가 문득 이런 생각이 들었다.

'과연 나는 저들과 관계를 맺을 수 있는 사람인가?'

이런 의문이 든 이유는 나를 드러낼 만한 확실한 것이 없기 때문이다. 어떤 가치관을 갖고 어떠한 일로 성취, 성과를 내고 있는지 등 누군가에게 뚜렷한 도움을 줄 사항이 크게 없었다. '아무것도 없으면 아무도 나를 찾지 않는다.'라는 생각이 한동안 머릿속에서 맴돌았다. 무작정 인맥을 쌓기 전에 스스로 떳떳한 프로필을 먼저 구축해 두어야 할 것 같았다.

요즘은 주제별 오픈 채팅방을 통해 정보를 얻고 도움을 주고받는 편리한 시대가 되었다. 오픈 채팅방에서는 다양한 활동이 일어난다. 기획된 프로젝트에 참여한 사람들은 그들의 활동 사항을 인증사진을 통해 공유한다. 다양한 정보성 글이나 배움에 대한 소식을 전하기도 한다. 어느 날 참여하고 있는 한 커뮤니티 방에서 이런 말이 나왔다.

"우리 품앗이해요. 지금 주제라면 우리끼리 멋진 프로젝트를 만들 수 있을 거예요."

물론 나에게 하는 말은 아니었다. 공통된 관심사와 연관된 분야의 일을 하는 사람들끼리 주고받는 흔한 말이다. 몇몇은 서로 반가운 기색을 표하며 그들끼리 대화를 이어나갔다. 그 순간, 품앗이를 할 수 있는 여건이 아직 안되는 나의 현실을 직시하게 되었다. 좋은 동료가 되어 함께 돕고 성장하는 길을 모색하는 것은 멋진 일이다. 다만 서로 도움이 될 수 있을 정도의 실력이 먼저 준비된 것이 중요하다.

"인맥보다 실력"

JYP 엔터테인먼트의 대표인 가수 박진영 씨가 강조한 조언이다. 그는 인맥을 넓히는 데 시간을 쓰기보다 실력을 쌓는 것에 집중하라는 충고를 아끼지 않는다. 자신의 실력을 키우면 언젠가 그 실력을 알아보는 인맥이 생긴다는 말이다. 한동안 '원래 저 사람은 집이 잘살았네.', '주변에 인맥이 넓으니 잘 나갈 만하지.'라는 식의 훈수를 두며 자기 합리화에 빠져 있었던 시기가 있었다. 모두 불필요하고 미련한 생각이다. 다른 사람을 판단하기 전에 자신을 가꾸는 것이 우선이다. 꾸준한 노력이 실력으로 쌓이고 능력으로 인정받게 될 날이 오게 된다. 이 모든 것을 알아봐 주고 응원해 주는 인맥을 발견하는 안목도 갖추어야 한다. 지금도 인맥 가치를 숫자로 환산하며 인맥 쌓기에 공들이는 사람들이 있다면 이렇게 말해 주고 싶다.

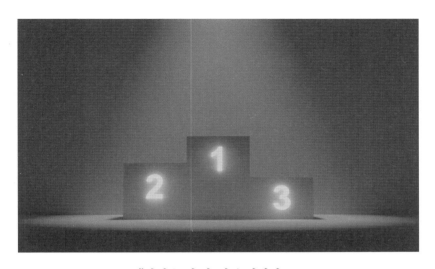

"당신은 몇 점, 몇 순위인가요?
죄송하지만 저와 인맥을 맺을 수 없는 상태입니다."

알고 보면 거기서 거기

"진짜 부럽다…."

 살면서 부러운 것이 참 많아졌다. 부러움은 다른 사람이 가진 것을 자신도 갖고 싶어 하는 감정을 뜻한다. "당신은 어떤 것이 가장 부럽나요?" 라고 누가 묻는다면 꼭 하나만 말하기 힘들다. 그만큼 부러운 것이 많은 세상을 살고 있다. 온라인 세상은 부러운 사람들의 천국이다. N 잡러로 월급쟁이 이상의 연봉을 받는 사람들, 육아에 고수인 사람들, 베스트셀러 작가들 등…. 헤아리기 힘든 만큼 많다. 요즘 내가 가장 부러움을 느끼는 세 가지 유형의 사람들이 있다. 첫째는 부모님과 함께 시간을 보내는 사람들이다. 둘째는 취향이 재능이 되어 돈을 버는 사람들이다. 셋째는 무얼 하든 꾸준한 사람들이다. 이 사항만 보더라도 나에게 부족한 3가지가 무엇인지 짐작이 된다.

우리가 느끼는 부러움은 가장 가까운 관계로부터 시작된다. 부러움의 감정은 인생의 전반적인 시기에 걸쳐 나타난다. 중학교 때 친하게 지내던 친구가 있었다. 그녀는 공부도 잘하고 친구들에게 인기도 많았다. 모든 부분에서 월등한 그녀가 나는 그렇게 부러울 수가 없었다. 회사원 시절에는 상사의 총애를 받은 동료가 부러울 때도 있었다. 아무리 일을 열심히 해도 소위 위에서 밀어주면 승진과 연봉의 혜택을 누리는 사람은 따로 있었다. '진짜 부럽고 좋겠다. 회사에서 든든한 존재가 있어서.' 내심 부러움과 질투의 감정이 함께 들었다. 결혼하고 난 뒤에도 부러움의 감정은 이어졌다. 육아로 지칠 때면, 친정 부모님의 기회를 써서 도움을 받는 지인들이 부러웠다.

"친정어머님이 와 주셨구나."
"응 아기가 아프니 어쩔 수 없더라고. 긴급 상황일 때만 도움받지 나도 부모님께 전담할 수는 없어."

가끔이라도 도움받을 수 있는 그 여건도 부럽기만 했다. 인간이 갖게 되는 부러움의 감정은 끝이 없고 복잡 미묘하다. 부러움은 '비교 의식'에서 비롯된다. '나도 갖고 싶었는데 너는 이미 갖고 있었네.', '나는 아직도 제자리인데 너는 계속해서 발전하고 있구나.'와 같은 생각들이다. '나 그리고 너'의 상황들이 끊임없이 비교당하고 충돌한다. 그런데도 부러움은 삶에 긍정적인 영향을 미치기도 한다. 어느 날, 지인이 나에게 이런 말을 했다.

"네가 글을 쓰고 책까지 낸 것을 보니 부럽더라. 나도 브런치 작가에 도전했어."
"아 정말? 대단한데?"
"자극 좀 받았지. 조금씩이라도 글을 써 보려고."

그녀는 평상시 책을 굉장히 많이 읽고 사유하는 힘이 큰 친구다. 나를 향한 부러움의 감정을 긍정적으로 활용하는 계기를 만들었다. 솔직한 마음을 전해 준 그녀가 고마웠다. 반면에 부러움은 은근한 질투의 감정으로 번져 어색한 관계로 느껴지게 할 때도 있다. 렌탈 스튜디오를 막 시작했을 때 주변의 반응은 다양했다. 대부분 따뜻한 응원을 아끼지 않았는데 희한하게 전부 진심으로 느껴지진 않았다. 어떤 사람은 고민 끝에 창업을 결정하고 준비한 나에게 뜨거운 격려의 인사를 먼저 전했다. 응원으로만 그치는 것이 아니라, 스튜디오 비용을 직접 결제하고 이용해 준 감동적인 사람들도 있다. 반면 이런 말을 먼저 한 사람들이 있었다.

"말도 없이 이런 걸 언제 준비한 거야. 돈도 많이 들어갔겠다. 월세는 어느 정도 해?"

확신이 없는 상태로 진행해 온 터라 주변에 거의 알리지 못한 채 스튜디오를 준비했다. 그러다 보니 갑작스러운 소식에 사람들은 궁금한 것들이 생겼을 것이다. 하지만 내가 어떤 마음으로 어떤 시간을 보냈는지에는 관심이 크게 없다. 앞으로 어떻게 될지 반신반의하며 궁금해 하는 속내가 보인다. 매출을 궁금해 하며 잘 되고 있는지를 안부 인사로 물어보는 사람도 있다. 혹은 1인 창업을 염두에 두고 있는 사람 중에, 오프라인 창업의 실체를 나를 통해 넌지시 판단하려는 이들도 있다. 한동안 소심해진 마음을 지인에게 조심스럽게 털어놓았다. 그녀는 집중해서 듣더니 쿨하게 말했다.

"신경 쓰지 마. 부러워서 그래."

"그게 과연 부러움일까요? 부러울 게 하나 없는데 말이죠."

"그 속에 부러움과 질투가 다 섞여 있는 거야. 자신과 다른 삶의 사람들을 한 발짝 떨어져서 지켜보는 거지. 다 관심의 일종이라 여기고 좋게 받아들여."

매 순간 비교하는 심리는 피곤한 삶을 살게 한다. 단순한 부러움을 넘어 질투의 감정이 계속 발생하면 형식적인 관계로 변질할 수 있다. 끊임없는 비교 의식은 자신의 삶이 초라하다는 생각으로 갑작스러운 우울감을 가져오게 한다. 심지어 다른 사람이 잘 안되기를 바라는 부정적인 마음이 생길 수도 있다.

알고 보면 사람의 인생은 거기서 거기다. 하나의 인생 끈에 저마다 다양한 사연을 매듭지으며 이어 가고 있다. 비슷한 삶의 매듭이 있을 수 있고 서로 다른 삶의 매듭이 존재할 수 있다. 우리는 누구나 행복한 인생을 살고 싶어 한다. 자신이 잘 지내고 잘되기를 바라는 마음만큼, 상대방도 삶에 대한 간절한 마음을 갖고 살아간다. 그러니 지나친 비교 의식으로 부정적 감정에 에너지를 쓰는 것이 무의미해 보인다. 각자의 삶의 방식을 있는 그대로 수용하고 응원해 줄 수 있는 너그러운 마음이 필요할 것이다.

너는 너, 나는 나, 사는 것도 알고 보면 거기서 거기다.

함께 사는 삶에 뾰족한 경계를 세우지 말자.
이왕이면 우리 같이 둥글게 둥글게 살아가자.

우리만의 팬심 라이프

연예인 중에도 연예인이 있다는 말이 있다. 같은 연예인이라도 동경하는 연예인이 있다는 뜻이다. 어떤 연예인은 롤 모델로 꼽는 연예인을 향한 팬심을 과감하게 드러낸다. KBS2에서 방영했던 〈이효리의 레드카펫〉이라는 방송을 우연히 본 적이 있다. MC를 맡은 이효리는 출연한 게스트들을 반갑게 맞이하고, 나이에 구애받지 않은 팬심을 보였다. 특히 가수 블랙핑크의 멤버 중 한 명인 제니가 출연한 적이 있다. 들뜬 마음으로 만난 그들은 서로의 팬임을 입증했다. 두 사람의 관계가 굉장히 애틋해 보였다.

사람에게 마음이 가는 이유는 여러 가지가 있다. 그중에서 본능적으로 끌리는 마음이 크다. 나에게는 분위기, 가치관, 라이프 스타일 등이 본능적인 끌림을 촉진해 주는 요소들이다. 퇴사 후 육아와 동시에 1인으로 일을 하다 보니, 혼자 시간을 보내는 일이 많아졌다. 그러다 보니 자연스럽게 온라인 세상과 자주 만나게 되었다. 현재 내가 운영하는 인스타그램 계정만 해도 3개다. 개인 계정, 작가 계정, 그리고 스튜디오 공식 계정이 있다. 일상 소식을 글과 사진을 통해 틈나는 대로 올리고 있다. 피드를 공유하면서 자연스럽게 인친의 소식도 보게 된다. 어떨 때는 알고리즘 덕택에 아예 모르는 사람들의 공간까지 엿보게 된다. 신기한 것은 한 번도 본 적이 없는 어느 한 분에게 나의 팬심이 작용한 적이 있다. '좋아요'와 댓글을 활발히 남기는 편이 아닌데 그분의 공간에 공감의 흔적을 남긴다. 상대방의 성향을 짐작하며 이런 생각도 했다.

'어느 날 커피 한잔을 마시며 대화를 해도 잘 통할 것 같은 분이야.'

닮고 싶은 생각, 특유의 분위기가 담긴 글과 사진, 댓글도 감사하게 달아 주는 친절함 등만 보더라도 이미 내 마음을 흡족하게 해 준 분이다. 무분별한 홍보와 자랑이 넘쳐나는 피드로 피로한 온라인 세상에서, 마음에 들어온 가까운 이웃 같았다. 그 후로도 팬심을 갖고 응원하는 마음으로 그분의 공간을 종종 방문한다. 반대로 나의 작가 계정에 마음의 흔적을 남기는 분들도 있다. 이들은 글과 사진에 공감을 표하며 가끔 응원의 댓글도 남겨 준다. 아이디만 보더라도 친숙한 기분까지 든다. 간접적인 관계의 교류를 통해 얻는 힘이 생각보다 크다. 누군가가 나를 지켜봐 주고 지지해 준다는 생각만으로 기분이 좋다. 가수들이 가장 큰 힘을 얻을 때가 바로 자신의 콘서트 무대라고 한다. 그들은 오직 자신과 음악을 아끼며 찾아온 팬들로부터 에너지를 얻고 동기부여를 받는다. 가수들이 노래하다가 함께 떼창을 하는 팬들을 보고 울컥할 때가 있다. '항상 우리는 당신의 팬이에요.'라는 팬들의 마음을 읽었기 때문이다. 이런 상황에서 '여러분들이 있기에 제가 있는 거예요.'라는 화답이 자동으로 나올 수밖에 없다.

팬심을 담으면 관계가 따뜻해진다. 팬심은 상대방을 향해 날리는 사랑의 큐피드 화살 같다. 관심과 사랑을 받은 사람은 팬들에게 이미 좋은 영향력을 전해 주는 특별한 사람이다. 팬심은 가까운 관계에서도 적용될 수 있다. 주변 지인 중에도 유독 마음이 가는 사람이 있다. 팬심이 있으면 상대방에게 관심이 가고 어떤 연락을 주고 받아도 기분이 좋다. 상대방을 아껴 주고 싶다는 것은 이미 팬심이 스며든 것이나 마찬가지다. 이러한 팬심의 화살은 상대방에 대한 존경의 화살이 되기도 한다. 예전에 존경이라는 단어를 나보다 윗사람에게 예의를 표하는 의미로 사용한 적이 많았다. 이제 존경은 팬심을 품격 있게 표현하는 단어로 활용할 수 있게 되었다. 최근 나는 알고 지내는 후배에게 팬심을 보인 적이 있다.

"엄마로서 정말 존경해. 아이를 대하는 생각 자체가 진짜 남다르네."

낯간지러운 말일 수도 있지만 후배에게 꼭 전하고 싶었다. 아이와 함께 보내는 일상을 제대로 사랑할 줄 아는 그녀가 항상 예뻐 보였다. 지치고 힘든 순간도 많았을 텐데 오히려 유쾌하게 헤쳐 나가는 사랑스러운 사람이다. 정서적으로도, 교육적으로도, 모든 것이 야무지고 지혜롭다. 나이가 어려도 같은 엄마로서 존경의 마음이 들기 시작했다. 지금까지도 나는 그녀의 영원한 팬이 되어있다.

누군가와 관계가 어색해지거나 힘들어질 때, 팬심을 마음에 두는 것이 좋다. 팬심이 시작되면 상대방을 향한 단점보다 장점을 찾게 된다. 그 장점은 독보적인 매력으로 발현된다. 매력 있는 사람에게 아낌없는 마음을 주고 싶어진다. 따뜻한 눈빛, 진심을 담은 응원의 말, 마음이 담긴 선물 등 상대방을 특별한 사람으로 대우해 주는 멋진 팬이 될 수 있다. 사랑의 팬심 화살이 오고 가는 관계는 늘 열정적일 것이다.

누군가의 팬이 되어 주고, 누군가 나의 팬이 되어 주는
뜨거운 팬심 라이프를 만들어 가 보자.

가족이니 그래야 해

"가족은 치유다.

가족은 웃음이고 눈물이다.

그래서 가족은 감동이다."

오래전에 방영된 드라마의 소개 글을 인상적으로 읽은 기억이 있다. 바로 KBS2에 방영된 〈가족끼리 왜 이래〉라는 드라마다. 이 드라마는 가족이기에 당연하게 여겼던 고마움과 미안함을 감동적으로 전해주었다. 최고 시청률이 43.3%까지 나올 정도로 인기를 얻었다. '고마워', '미안해', '사랑해'라는 세 마디를 나눌수록 행복이 가득해질 수 있다는 기획 의도부터 큰 공감이 된다. 가족은 가장 가까운 관계에 있는 사람들이다. 가깝지만 동시에 한순간에 멀어지는 사이가 될 수도 있다. '가족인데 새삼스럽게'라는 생각으로 남들보다 못한 무관심과 무례함을 가져올 수 있기 때문이다. 드라마에서 언급한 세 마디의 마음 표현을 나는 과연 얼마나 가족과 나누고 살았는지 생각한 적이 있다. 예전에 내가 웃어른들에게 감사한 일로 고마운 인사를 전할 때, 이런 말을 들었다.

"고맙긴 뭐가 고마워. 가족끼리 그런 말을 하니."

고마운 표현을 전하는데 오히려 핀잔을 듣는 기분이다. 가족끼리 고마움을 인사치레하는 것이 형식적이라고 받아들여졌기 때문이다. 어쩌면 오래전부터 '가족이니 당연한 거지'라는 무의식적인 사고가 깊숙이 들어왔는지도 모르겠다. 당연하다고 여기는 생각은 당연히 표현해야 했을 세 마디를 침묵하게 했다. 남에게는 자연스럽게 나오는 마음 표현이 이상하게 가족 앞에만 서면 굳어 버린다. 낯 간지럽고 낯부끄럽다는 생각이 먼저 든다. 하지만 가족이라도 표현을 하지 않으면 절대 마음을 알지 못한다. 가까울수록 진심을 보여야 더 고마워지고, 미안해지며, 사랑하는 감정이 커진다. 평소 영화를 좋아했던 아버지는 쉬는 날이면 주로 영화를 즐겨 봤다. 집에서 혼자 보는 일이 많았는데 한번은 이런 말을 했다.

"재미있는 영화가 한 편 개봉했어. 같이 가서 영화나 볼까?"
"아빠가 좋아하는 스타일이네. 난 재미 없을 것 같아."

결국, 아버지는 혼자 영화관에 갔다. 식구들이 영화에 큰 관심을 보이지 않았다. 정확히는 영화를 좋아하는 아버지에게 굉장히 무심했다. 살아생전 단 한 번도 영화관을 같이 가지 못한 후회가 지금까지 남아 있다. 아버지에게 미안함의 감정을 당시에 표현하지 못한 것 역시 후회가 된다.

어느 날 집 안 정리를 하는데 노란색 메모지에 적힌 편지들을 발견했다. 연애 때부터 결혼한 이후까지 남편이 나에게 전해 준 편지들이다. 편지를 다시 읽어 보는 데 그의 진심이 여기저기서 묻어 나온다. 말로 표현하지 못한 마음을 그는 가끔 편지글로 대신했다. 함께하는 많은 시간 동안 그는 나에게 늘 고마워했고, 때론 미안해 했으며, 사랑하는 마음을 다시 한번 확인시켜 주었다. 평소 감정 표현이 익숙하지 못한 그가 나름대로 최선을 다해 마음을 보여 주고 있던 것이다. 그런 시간 뒤로 요즘 우리는 '가족끼리 왜 이래'의 상태로 살고 있다. 아기가 태어난 뒤로 부부애 대신 육아 전우애가 생겼다. 생애 처음 겪는 경험을 함께 헤쳐 나가는 동지애 같은 느낌이다. 현실에 부딪힐 때마다 서로 예민해져서 말다툼도 자주 했다. 그럴 때마다 속이 상해서 말하는 것조차 꺼려질 때도 많았다. 예전에는 얼굴 붉히는 일이 생겨도 웃으며 금방 풀기도 했다. 이제는 쌓인 감정들을 그냥 덮어둔 채 육아에 전념하고 하루를 보내는 날이 많아졌다. 어느 날 남편이 화해의 손길을 내밀며 카톡으로 '사랑해.'라는 말을 남겼다. 거기에 나도 화해의 뜻을 전했다. 저녁에 퇴근한 그가 소파에 앉아 나에게 말했다.

"언제부턴가 사랑한다는 말도 절대 안 하더라. 먼저 표현해도 반응도 없고…."

그 말을 듣는 순간 움찔했다. 생각해 보니 그의 말이 맞았다. 감정 표현도 잘하고 마음도 투명하게 잘 보여 주던 내가 어느 순간 무뚝뚝한 로봇이 되어 있다. '우린 동지인데 말해 뭐해.'라는 생각이 어느 순간 크게 자리 잡고 있었다. 바쁜 회사 일과 육아 그리고 나의 정신적 고충까지 들어 줘야 하니 남편은 어깨가 늘 무거운 사람이다. 이런 사실을 잘 알고 있어서 항상 미안하고 고마운 마음을 갖고 있다. 안타깝게도 정신없는 하루를 살아내기 바빠서 정작 중요한 마음을 챙기지 못했다. 우리는 그 누구보다 서로를 격려해 주고 지지해 줘야 할 관계이다. 가장 관심을 기울이고 마음을 헤아려야 하는 대상은 바로 남이 아닌 가족이었다. 육아로 바쁘다는 핑계로 잘 챙겨 주지 못한 남동생에게도 늘 미안함과 고마움이 있다. 평소 절대 나오기 힘든 '사랑한다.'라는 말도 용기 내어 적어 본다.

"고마워, 미안해, 사랑해."

가족에게 이 말을 자주 전하며 살고 싶다. 지금, 이 순간, 떠오르는 가족이 있다면 당신도 이 세 마디를 자주 표현했으면 좋겠다. 가족끼리 왜이래가 아니라 가족이니 그래야 한다. 가족일수록 매너를 지키고 사랑의 마음을 선물해야 한다. 가족은 감동적인 인생 드라마를 연출해 주는 유일무이한 주인공이다. 우리의 삶과 가장 가까이 닿아 있는 가족의 존재를 다시 한번 소중하게 여기며 살아갈 때이다.

10min

오! 영원한 친구

"친구를 갖는다는 것은 또 하나의 인생을 갖는 것이다."

- 발타자르 그라시안 -

나이가 일흔이 넘었을 때, 내 곁에 누가 남아 있을지 생각해 본 적이 있다. 과연 지금 관계하고 있는 사람들이 인생 후반에도 함께 할 수 있을까. 나이가 들수록 예측 불허한 인생이라 관계에 대한 장담을 섣불리 하기 어렵다. 확실한 것은, 노년기의 인간관계는 지금과 많이 달라져 있을 것이라는 생각이다. 인생 후반기에 지금의 인연 중 단 한 명이라도 곁에 있다면, 눈물 나게 행복한 일이 될 것이다.

요즘 들어 연락이 닿아 안부를 물을 수 있는 모든 관계망이 참 소중하다는 생각이 든다. 당장 친분이 중요한 것보다, 얼마나 오랫동안 인연을 유지할 수 있느냐가 나에게 중요한 화두가 되었다. 한때 '절친(제일 친한 친구)'의 개념을 중요하게 여긴 시절이 있다. 나에게는 늘 '시절 단짝'이 있었다. 단짝이 생기면 그 친구와 대부분 시간을 보냈다. 한순간에 친해지고 정이 들었다. 그래서 연락이 뜸해지고 서먹한 관계가 되었을 때 꽤 힘든 시간을 보냈다. 시간이 지나면서 자연적으로 멀어지는 일이 생겼다. 물론 오랫동안 연락이 닿아 있는 사람들도 있다. 자주 보지 못하지만 현재의 인연으로 연결되어 있다. 오래된 관계 중에 사회생활을 통해 만난 인연들이 있다. 관심사가 비슷하고 관련 있는 일도 하니 공감대 형성이 가장 잘 된 사람들이다. 이직이나 퇴사로 자연스럽게 관계가 끊어지는 경우가 있다. 반면 지속해서 인연이 닿아 좋은 관계로 유지하는 사람들도 있다.

회사 밖에서 만난 다양한 관계망의 사람들이 있다. 대학원, 글쓰기, 자기 계발 클래스 등 지금의 삶과 가장 가까이 연결된 인연이다. 이 중에서 자연스럽게 가까워진 사람이 일부 있다. 현재의 생활을 함께 공유하고 도움을 주고받는 사람들이다. 알고 보면 성향이 나와 다르지만, 생각의 결이 잘 맞기도 하다. 예전에는 취향과 라이프 스타일이 비슷해야 잘 맞는 친구라고 여겼다. 하지만 계속해서 삶의 중요도와 가치관이 변해감에 따라 관계의 선호도도 달라졌다. 처음부터 나와 완벽히 잘 맞는 '절친'은 없었다. 소중한 시절의 운명을 같이해 온 빛나는 인연들이 있었을 뿐이다.

인생에 완벽한 친구는 없지만, 영원한 친구는 있을 수 있다. 영원한 친구는 고정적이지 않고 계속해서 바뀌어 간다. 한때 친한 인연들이 어느 순간 교차하여 오히려 새로운 인연과 활발한 관계를 이어갈 수 있다. 예전보다 자주 보지 못하는 사이가 되었지만, 중요한 순간에 늘 옆에 있는 의리의 인연이 있다. 서로 연락이 끊겼다가 새로운 시절에 재회하여 운명을 시작하게 된 인연도 있다. 만난 지 얼마 되지 않았지만 가장 깊은 관계를 맺게 된 인연도 생긴다. 구체적인 관계에 집착하지 않고 자연스러운 인연의 흐름에 맡기다 보면, 어느 순간 동행하고 있는 인연이 남게 된다. 이 인연이 바로 우리의 영원한 친구가 될 수 있다. 삶은 절대 영원하지 않지만, 마음에서 떠올리는 영원한 친구는 존재한다.

"인연이란 인내를 가지고 공과 시간을 들여야
비로소 향기로운 꽃을 피우는 한 포기 난초이다."

인연에 관해 남긴 헤르만 헤세의 말이다. 삶의 흐름을 타고 자연스럽게 맺어진 인연도 있지만 새롭게 맺고 싶은 인연도 있다. 이럴 때는 마음의 문을 열고 관계에 노력을 기울일 필요가 있다. 우연히 만들어지는 인연은 있어도 저절로 유지되는 관계는 없기 때문이다. 어느새 사라진 인연을 아쉬워하지 말고 붙잡고 싶은 인연이라면 세심하게 공을 들이는 것이 중요하다. 인연에서 꽃이 필 때가 바로 영원한 관계로 이어지는 시기가 될 것이다.

생일을 맞이한 지인에게 오랜만에 카드를 쓴 적이 있다. 손 글씨로 카드와 편지를 주고받는 일이 드물지만, 가끔 나는 짧은 글로 마음을 대신한다. 축하의 말로 마무리 지을 무렵, 마지막에 '영원한 벗, 지현'이라는 수식어를 덧붙였다. 영원한 관계를 확신할 수 없지만, 마음만큼은 영원한 친구로 남고 싶다는 의미다. 앞으로도 맞이하게 될 수많은 삶의 시간 속에 함께 존재하고 싶다는 마음이기도 하다.

친구를 얻으면서 더욱 소중해진 인생을 실감하고 있다. 지금 곁에 있는 당신의 친구들이 영원한 인연으로 이어지면 좋겠다. 그들과 함께할수록 행복한 삶도 영원히 지속할 것이다. 친구를 생각하면 떠올리지 않을 수 없는 불후의 명곡이 문득 생각난다. 바로 가수 나미의 〈영원한 친구〉이다. 우리의 영원한 인연과 함께 행복하고 즐거운 인생을 즐겨 보자. 생각만으로 신나는 삶이다.

"오 영원한 친구

오 행복한 마음

오 즐거운 인생 예!"

<지친 마음을 회복시키는 치&휴 클래스>

2교시 치&휴 클래스 기초

오늘 하루는 어땠나요?

매일 비슷하게 흘러가는 하루지만 우리의 마음은 매일 달랐을 거예요.

마음이 유독 지치고 힘든 날에 당신이 가장 먼저 해야 할 일은,

바로 '일상 발견'입니다.

오늘 보낸 하루를 돌이켜 보며 감사함과 기쁨의 순간을 찾아보는 것입니다.

당신의 하루는 이미 지나갔지만, 미처 보지 못한 반짝이는 삶이 숨어 있습니다.

그 순간을 꼭 발견해 보세요. 사진과 짧은 글로 발견의 흔적을 남기고 저장해 둡니다.

매일 일상의 반짝임을 알아보는 습관을 실천하다 보면,

당신의 삶이 얼마나 고마운지 그리고 아름다운지 깨닫게 될 것입니다.

점점 마법 같은 긍정의 에너지가 마음에 스며들게 됩니다.

오랜만에 저녁이 있는 삶.
저녁 식사를 위해 정성을 쏟아 요리를 하고 맛있게 먹으니,
낮에 일어난 속상한 일도 전부 소화된 느낌이다.

6:00pm

삶의 열정을 한번 더 불태울 때

근본 없는 용기가 필요할 때

"난 위험에 대해 그리 많이 생각하지 않는다.

난 그저 내가 하고 싶은 것을 할 뿐이다.

앞으로 나아가야 한다면 나아가면 된다."

- 릴리언 카터 -

　특별한 재능은 없는데 무모한 용기가 있다. 생각이 많은 사람이지만 나는 매번 생각으로 끝내지 않는다. 어떤 일에 결단이 내려지면 행동으로 옮긴다. 몸소 실행해 봐야 기회의 장이 열리고 다음을 준비할 수 있다는 판단 때문이다. 20대와 30대까지 실행력 하나로 다양한 경험을 할 수 있었다. 그러나 실행력이 신속하다고 일도 비례해서 풀리는 것은 아니었다. '괜히 시작했나.'라는 후회의 감정이 들기도 한다. 어떤 일을 시작해서 진행하다가 도중에 그만둘 때도 있다. 시간, 돈, 에너지를 쏟는 모든 과정이 아무것도 아닌 것으로 남게 되었을 때는 허탈하기까지 했다. 생각만 하느니 실수와 후회가 생기더라도 행동하는 것이 낫다는 생각은 지금도 변함이 없다.

　11년의 회사 생활 동안 나는 총 4번의 이직을 했다. 잦은 이직은 몸값을 올려 주었지만, 한곳에 잘 머무르지 못한 불안정한 사람이라는 낙인을 찍게 했다. 이직을 자주 한 이유 중 하나는 바로 사람이었다. 가뜩이나 사람 관계에 예민한 편인데, 어딜 가든지 피하고 싶은 사람이 한 명씩은 있었다. 그런 사람과 매일 얼굴을 보고 일을 하는 것은 굉장한 스트레스였다. 피하고 싶은 마음은 과감한 이직으로 이어졌다. 이직을 후회하지 않지만, 충분히 버티고 견딜 생각을 하지 못한 자신에게 후회한 적은 있다. 이직에 이어 자기 계발을 할 때도 신속하게 움직였다. 먼저 업무에 필요해서 시작한 영어 공부가 있다. 개인적 관심으로 아로마 테라피 자격증을 따기도 했다. 가장 큰 용기를 낸 것은 바로 대학원 진학이다. 회사에서 직급은 올라가는 데 쌓아 온 경험만 밀어붙여 안일하게 지내는 모습이 한심하게 느껴졌다. 언젠가부터 비어 있는 실력을 다시 채우고 싶었다. 당시 나는 화장품 회사에서 교육업무를 담당하고 있었다. 주 업무는 상품 교육과 영업 교육이다. 연관된 리더십과 코칭 부분을 공부하기 위해 바쁜 회사 일정에도 대학원 진학을 강행했다. 매번 발 빠른 실행력 덕분에 눈코 뜰 새 없이 바쁜 시간을 보냈다. 어느 날 친구와 맥주를 한잔 기울이며 허심탄회한 대화를 나누었다.

"가만 보면 너는 뭐든지 마음먹으면 실행하는 것 같아. 난 생각이 많아서 문제고."

"성격이 다른 거지. 실행한다고 다 잘 되는 것도 아니더라. 확실한 것은, 나는 해 봐야 후회도 없고 판단도 되더라."

"그렇구나. 나는 생각 때문에 결정도 잘못하겠어."

"나도 예전과 많이 달라졌어. 갈수록 시행착오를 겪고 싶지 않더라. 시간이나 상황적 제약도 많아지니 선택도 주저하게 돼. 막상 실행했는데 결과가 안 좋을까 봐 결정장애도 생겼어."

삶을 정면으로 마주하는 용기가 많이 없어졌다. 우리가 사는 녹록지 않은 현실이 어떤 것인지 잘 알게 된 나이가 된 것이다. 익숙함 속에서 편하게 살고 싶고 새로움이라는 테두리에서 방황하고 싶지 않아졌다. '잘 돼야 한다.'라는 강박관념을 먼저 갖고 모든 일을 시작하려고 한다. 실패하는 것이 꺼려지고 후회될까 봐 늘 노심초사한다. 지금까지도 많은 시행착오를 겪어 왔기 때문에 힘든 길은 피하고 싶다. 예전에는 '내 선택에 후회는 없어.'라는 말이 자연스럽게 나왔다. 이제는 '내가 왜 이런 선택과 행동을 한 거지.'라며 자책하기 바쁘다. 이러한 심리적 판단은 소극적인 삶을 살게 한다. 호감 가는 사람이 생겨도 바쁜 일이 우선이라 사랑의 기회를 놓친다. 새로운 일을 시작하고 싶지만, 시간과 에너지가 많이 요구되어 금세 다른 일로 눈을 돌린다. 오랜만에 마음이 끌리는 일을 발견했는데 돈이 잘 벌리지 않아 바로 포기한다. 이미 겪은 실패로 새로운 선택이 필요할 때, 또 다른 실패의 두려움으로 어떤 결정도 하지 못한다. 우리는 벌어지지도 않은 일에 수많은 전제를 깔고 지나친 예측을 한다. 막상 결정해서 시작한 일에도 믿음을 갖지 못하고 포기한다. 가끔 우리 삶에는 근본 없는 용기가 필요하다. 밀고 나가는 용기로 생각지도 않은 삶의 기회를 만날 수 있기 때문이다.

스페인 작가 미겔 데 세르반테스가 쓴 유명한 『돈키호테』라는 소설이 있다. 주인공 돈키호테는 어느 날 기사도 소설에 빠져 진짜 기사도가 되기로 한다. 그는 현실과 다른 허상을 진실로 믿으며 자신의 상상과 환상에 따라 행동한다. 돈키호테는 기사처럼 불의에 맞서고 학대받은 사람들을 돕고 싶어 하지만 사람들은 그의 기이한 행동을 두고 미치광이라 여긴다. 돈키호테를 두고 무모하며 현실감이 떨어지는 캐릭터로 판단하기도 한다. 다른 관점으로 보면, 간절한 소망과 꿈을 좇아 이상을 실현하고자 하는 용기가 돋보인다. 삶에 대한 지나친 우려는 인생을 좁아지게 만든다. 좁은 인생을 살게 되면 넓은 포부를 갖기 힘들어진다. 생각하고 염두에 둔 것이 있다면 과감한 결단력과 실행력이 필요하다. 이미 실행한 것만으로 삶의 오르막길에서 한 걸음 올라간 셈이다. 만약 한 걸음 내려오게 될지라도, 이것은 삶의 실패가 아닌 재도약을 위한 과정이다. 희망하는 삶을 쟁취하고 싶다면 용기부터 쟁취하고 마음껏 발휘해 보자. 용기를 부릴 줄 아는 사람이 인생도 멋지게 부리며 살 수 있을 것이다.

우리는 무모한 돈키호테가 되어도 좋다.

근본 없는 용기를 발휘할 때
비로소 인생에 모험을 즐길 수 있다.

몰라서 배워야 할 게 투성이야

이른 오전, 동네에 있는 작은 커피숍에 들렀다. 거기에는 주문을 받는 셀프 기기가 있다. 화면의 버튼을 누르고 나는 따뜻한 커피와 머핀 하나를 주문했다. 주문이 완료되었다는 경쾌한 소리와 함께 자리를 잡고 앉았다. 주변을 둘러보니 60대로 보이는 여자분이 기계 앞에 서 있었다.

"저기요, 주문을 이걸로 꼭 해야 하나요? 뭐가 이렇게 복잡하지?"
난감한 표정으로 주문 화면을 쳐다보고 있었다.
"네 기기로 주문하시면 됩니다."
점원이 짧게 대답했다.

어느새 나는 주문하는 기기 앞에 서서 말했다.

"제가 도와드릴게요. 어떤 음료 드실 건가요?"

"고맙네요. 우리 같은 사람들은 이런 거 어려워해요."

요즘은 시대가 많이 변했다. 사람 대신 기계가 일하는 편리한 시대다. 어느 식당에서는 자동 로봇이 지나다니면서 빈 그릇을 치워 준다. 우리는 핸드폰 하나로 모든 생활을 할 수 있다. 생성형 인공지능(AI) 챗 GPT의 세상도 열렸다. 디지털을 이해하고 다룰 줄 아는 능력인 '디지털 리터러시(Digital Literacy)'가 요구된다. 비단 스마트 기기에 능숙하지 못한 어른들만 이 시대가 어렵게 느껴지는 것이 아니다. 디지털 플랫폼이 늘어나면서 세상에 합류하기 바쁜 나도 버겁게 느껴질 때가 많다. 모르는 것이 많아지고 알아야 할 것이 투성이다. '릴스로 떡상 영상 만드는 법', '스마트 스토어로 월 천 버는 법', '블로그로 수익화하는 법' 등 그야말로 '~하는 법'이 너무나 많은 세상이 되어 버렸다. 다음 날 눈을 뜨고 핸드폰을 켜면 또 다른 지식과 방법을 알려 주는 콘텐츠들이 계속해서 등장한다.

이런 시대적 분위기를 의식한 듯, 모르는 것에 조급함이 생기기 시작했다. 이것도 알아야 할 것 같고 저것도 알아야 할 것 같다. 안타깝게도, 많은 정보를 전부 흡수하기는 힘들다. 시대가 강조하는 기본적인 정보는 습득할 필요가 있다. 그러나 사람들이 알고 있는 지식과 정보가 반드시 자신의 것이 될 필요는 없다. 주변에 휩쓸려 무조건적인 배움에 압박을 느끼지 않아도 된다. 평소 궁금해서 알고 싶은 것, 필요하고 쓰임이 되는 배움에 언제든지 투자하는 것이 좋다. 요즘 알고 싶은 디지털 기능을 익히느라 진땀을 빼고 있다. 유튜브에서 쇼츠를 많이 보는데, 나도 인스타그램에서 제공하는 숏폼 서비스인 '릴스'를 올리기 시작했다. 자세한 기능까지 익히려면 배울 것이 아직 많다. 완벽하지 않아도 일단 시도해 보기로 했다. 릴스를 하다 보니 올리는 재미가 생겼다. 사진 한 장을 올릴 때보다 조회 수가 몇 배로 는다. 다른 사람의 릴스를 보는 즐거움도 생겼다. 터치 몇 번으로 한 편의 영상이 완성되니 배움의 묘미가 점점 생긴다. 인스타그램에 기재하는 글 포스팅도 카드 뉴스로 대체할 때가 있다. 긴 글보다 카드 한 장에 간결하고 명확한 메시지를 담는 툴이 선호되고 있다. 편리한 디자인 플랫폼이 있어서 활용하기 어렵지 않다. 디지털 세상을 알아 갈수록 스마트한 사람으로 성장하는 기분이다.

디지털을 배우는 것 이외에 목표와 꿈을 성취하기 위한 배움도 있다. 1인 공간 사업을 시작하면서 A부터 Z까지 알아야 할 것이 많았다. 사업을 시작하기 전, 렌탈 스튜디오의 세계를 유튜브를 통해 처음 알게 되었다. 육아와 병행 가능한 일이고 개인 작업 공간으로 활용하고 싶은 마음으로 생소했지만 시작해 보기로 했다. 먼저 사업 준비를 위한 기본 절차를 익혀야 했다. 시작 후에는 사업을 운영하는 방법을 배워야 했다. 여전히 무엇을 해야 할지 방황할 때마다 부족한 부분이 무엇인지 따져 본다. 보완 방법을 위해 배울 것이 있다면 부지런하게 익힌다. 스튜디오를 운영하면서 스마트 플레이스 운영, 포스팅을 통한 홍보, 주기적인 광고 집행 등이 주로 이루어지고 있다. 회사에 다닐 때는 마케팅 팀과 홍보 팀이 개별적으로 있어서 이 부분에 큰 관여를 하지 않아도 되었다. 그러나 상황이 완전히 달라졌다. 모든 것을 알아야 하고 적용해야 하는 초보 사장이 되었기 때문이다. 아는 만큼 보이고 배우는 것만큼 성장한다. 오늘도 알고 싶고 배워야 할 클래스들을 찾아보는 중이다. 90살에 아이패드를 시작해 지금은 '여유재순'이라는 이름의 드로잉 작가로 활동하는 할머니가 있다. 어렸을 때부터 배우는 것을 좋아한 그녀는 어려운 환경에서도 배움에 대한 열정을 놓지 않았다. 그녀는 배우는 과정에서 늘 부끄러움이 함께 한다고 말한다. 그 부끄러움을 견뎌야 배울 수 있다고 강조한다. 나이와 상관없이 배움을 향한 의지와 꾸준한 노력이 통한다면, 성장하는 삶을 살아갈 수밖에 없다.

누구에게나 배움의 길은 열려 있다. 모르면 알아가고 알기 위해 배워가면 된다. 평소 하는 말 중에, "모르는 게 죄는 아니잖아."라는 말이 있다. 살다 보면 모르는 것이 있을 수 있고 모른다고 무시당할 이유도 없다. 중요한 것은 모름을 인정하고 기꺼이 배움으로 받아들이는 태도다. 당장의 배움이 이용 가치가 없다고 느껴질지라도, 축적된 배움은 언젠가 큰 자산이 되어 활용될 수 있다. 아는 것이 많을수록 인생이 당당해진다. 그럴수록 무엇이든 배우려는 열린 마음을 갖고 앎의 즐거움을 발견해야 한다.

모른다고 투정하지 않고,

배워서 행복한 게 투성인 인생을 살아 보는 것이 좋다.

피곤한 성취 중독자

목적한 바를 이루었다는 뜻의 '성취감'은 묘하게 중독적이다. 성취를 느끼는 감정은 생각보다 짜릿하고 홀가분하다. 미리 계획한 하루의 일정을 무리 없이 마쳤을 때 뿌듯한 성취감이 밀려온다. 예정된 발표를 실수 없이 끝냈을 때, 안도의 한숨과 함께 후련한 성취감을 맞이한다. 운동 후에 개운해진 몸이 성취감을 말해준다. 행하기 어려운 일을 우여곡절 끝에 해냈을 때 성취감은 더욱 커진다. 작은 일부터 큰일까지 '해냈다.'라는 느낌으로 대견한 자신을 발견할 수 있다.

"행복은 성취의 기쁨과 창조적 노력이 주는 쾌감 속에 있다."

미국의 32대 대통령이자 정치인인 프랭클린 D. 루스벨트가 남긴 말이다. 성취의 기쁨을 느끼는 순간 행복 도파민이 전해질 수 있다. 삶의 기쁨을 만들어 주는 성취는 우리 인생에 중요한 부분이다. 그러나 성취 지향적인 일상에 기울어져 있는 나는 이런 말을 자주 한다.

"한꺼번에 닥친 일을 쳐 내느라 정신이 없었네."

가끔 동시다발적으로 일을 해야 하는 경우가 있다. 끝까지 해내려는 의지가 굳건하다. 일을 마친 뒤 성취감을 느끼고 나서야 마음을 놓는다. 제한된 시간 내에 일을 한꺼번에 처리해야 할 경우, 멀티태스킹이 요구된다. 개인적으로 멀티태스킹에 꽤 능한 편이다. 바쁜 삶을 살아가는 현대인이라면 멀티태스킹에 익숙한 사람이 많을 것이다. 성취감의 쾌감은 멀티태스킹이 이루어지고 나서 한층 고조되기도 한다. 고도의 집중력을 발휘하여 성취를 이룬 뿌듯함이 가끔 '성취중독'으로 이어지게 할 때가 있다. 아기가 어린이집에 가 있는 동안, 나는 많은 일을 한꺼번에 한다. 아기를 출산한 이후 지금까지 집에서 낮잠을 잔 적이 거의 없다. 따지고 보면, 아기가 어린이집에 있을 때가 온전한 휴식을 취할 수 있는 시간이다. 하지만 시간이 아깝다는 생각이 앞선다. 결국 하고 싶은 것, 해야 할 일을 쪼개가며 하고 있다. 하루를 알차게 살았다는 성취감이 들 때쯤 아기를 데리러 간다.

〈헬스조선〉의 기사에 따르면, 멀티태스킹을 하면 뇌에 좋지 않다고 한다. 멀티태스킹은 오히려 집중력을 떨어뜨려 어떤 일도 제대로 해낼 수 없게 한다는 것이다. 영국 서섹스대 연구에 따르면, TV를 보면서 문자 보내기, 음악 감상, 이메일 확인, 전화 걸기 등 멀티태스킹을 자주, 오래 한 사람일수록 뇌 전방대상피질 크기가 줄어들었다는 결과가 나왔다. 뇌가 쪼그라들수록 주의가 산만해지고 결국 집중력이 떨어지게 된다. 연구 결과만 보더라도, 멀티태스킹을 강행하며 성취감을 앞세울 필요가 없어 보인다. '모노태스킹'을 선택해서 한두 가지 일에 집중하고 찰나의 휴식을 취하는 것이 두뇌 활성화와 일의 효율성에 좋다는 결론이다.

성취에 중독된 경우, 성취감을 얻기 위해 더 큰 스트레스를 감내한다. 과도한 성취 욕구는 무언가를 해야 한다는 강박관념을 주입시킨다. 어떤 일이든 무리하게 시도하다 보면 결국 번아웃이 찾아온다. 이런 사람은 시간이 주어져도 제대로 쉬지 못한다. 늘 긴장된 상태로 시간을 보내다 보니 건강이 안 좋아지기 쉽다. 오늘도 쌍화탕과 박카스를 교차로 마시는 나를 보며 남편은 걱정스러운 듯 말한다.

"마음은 알겠는데 일을 만들어서 한꺼번에 하려고 하지 마. 순차적으로 해도 충분해."

내가 또 다른 일을 만들까 봐 그는 항상 우려한다. 무슨 일을 행하기 전에, 상황에 유연함을 발휘하는 것이 중요하다. 이는 모든 일을 동시에 끌고 가지 않아도 된다는 생각에서 출발한다. 하루를 기준으로 일의 우선순위를 정한다. 무리가 될 것 같은 일정이라면 다른 날로 이동시켜 할당량을 분배한다. 성취에 집착하는 이유는, 계속해서 만족하지 못하고 항상 부족한 것을 느끼기 때문이다. 이로 인해 더 많은 것을 해야 한다는 집착이 생긴다. 어떤 사람은 타인을 의식해서 성취를 당연한 의무라 여긴다. '보여 주지 않으면 안 된다.'라는 압박감으로 보여주기식의 성취중독 증상을 보이는 것이다. 대한신경정신의학회에 따르면 만족·조절 스위치가 고장 난 상황을 '중독'이라고 표현했다. 만약 성취중독이 의심된다면, 만족·조절 스위치를 잠시 꺼 본다. 그리고 만족에 대한 기준을 재설정해 본다. 작은 일에도 큰 성취감을 느끼는 것이다. 더 큰 만족을 위해 부가적인 성취로 이어지지 않게 만든다. 성취감이 든 순간, 그 자체로 충분하다고 만족한다. 이것이 성취중독을 완화하기 위한 의식적인 절제법이다.

지금 우리에게 필요한 것은, 성취를 자극적으로 느끼는 것보다 성취의 기쁨을 천천히 발견하는 것이다. 큰 성취감을 위해 무리한 일을 강행하지 않는 것이 좋다. 작은 성취에도 즐거움을 느끼며 사는 것이 중요하다. 조용한 새벽에 따뜻한 차 한잔을 마시며 글을 쓰는 지금도 작은 성취이자 큰 기쁨이다. 무엇을 이룬 뿌듯함보다 더 값진 기분은 어떤 것에 만족할 줄 아는 기쁨이다.

피곤한 성취 중독자가 되느니, 행복한 성취 만족자가 되는 것이 낫다.

성과가 있어야 성공한 삶인가?

"지금까지 당신이 이룬 가장 큰 성과는 무엇인가요?"

회사 면접을 볼 때마다, 나는 이 질문에 답변하는 것이 가장 어려웠다. 실제로 그럴듯한 성과가 없었기 때문이다. "저는 ~일을 한 적이 있습니다."라는 말이 먼저 나온다. 성과를 질문받았는데 성취로 대답한다. 누군가는 성취한 일도 충분히 성과가 될 수 있다고 말한다. 하지만 정확히 따져 보면 성취와 성과의 개념은 다르다. 성취는 자신이 목표한 바를 이루는 주관적인 의도에 중점을 갖고 있다. 반면 성과는 무언가를 이루어 낸 구체적이고 객관적인 결과물에 중점을 둔다.

'왜 나는 성과가 없는 사람일까? 결정적으로 능력이 부족한 것일까?'

최근에 성과에 대한 고민이 생겼다. 지금까지 성취는 끊임없이 이루었는데 큰 성과를 보인 적이 없기 때문이다. 자신을 드러내고 성과를 낸 사람들을 보면 공통점이 있다. 지금까지의 성과를 숫자로 증명한다. 성과 경험담을 구체적인 예시로 설명한다. 만약 이 사람이 성과를 통해 큰 수익을 냈다고 하면 누군가는 '성공한 사람'이라는 결론을 내리기도 한다. 20대의 나이에 건물주가 된 사람을 두고 사람들은 '젊은 나이에 성공했네.'라는 말을 자연스럽게 한다. 건물이라는 성과물을 염두에 두며 성공을 언급한다. 사원부터 시작해 20년간 다닌 회사를 나와 개인회사의 대표가 된 사람도 성공한 사람으로 비추어진다. 쌓아온 경력이 회사 설립이라는 성과가 되어 성공한 삶으로 드러냈기 때문이다. 인플루언서나 유튜버들은 선호도 높은 콘텐츠, 조회 수 등을 통해 성과를 나타낸다. 성과에 따른 큰 수입이 났을 때 이들은 성공을 인정받기도 한다.

목표를 이루고 성과가 났을 때, 성공으로 이어질 확률은 높아질 수 있다. 내적인 성취도 이루고 외부로부터 성과물을 인정받는다. 성취와 성과가 함께 더해져 결국 성공의 열쇠를 쥐게 된다. 가끔 나는 글을 쓰고 1인 사업을 하는 성취자에서, 책 출간과 함께 2쇄를 찍고 직장인 이상의 월급을 버는 성과자로 성공을 꿈꿀 때가 있다. 개인적으로 성취에 따른 만족에 의의를 두지만, 세상은 성과와 성공 창출에 여전히 초점을 두고 있다. 그래서 성과에 목숨 걸며 성공에 목말라하는 사람들이 많아졌다. 마치 성과를 내야 성공하는 삶을 살 수 있다는 생각이 굳어져 버린 것 같다.

오래전, 사람들은 아버지에게 '자수성가해서 성공한 사람'이라는 말을 했다. 가난했던 아버지는 돈을 많이 벌고 성공한 삶에 대한 갈망이 컸다. 집도 무조건 큰 평수면 좋고 번듯한 차도 있어야 한다고 생각했다. 자신에 대한 결핍과 부족함을 성과로 만들어 채우고, 성공으로 표출하고 싶은 심리가 컸다. 나름 성공한 40대를 보내고 여유를 누리려는 50대 초반에, 아버지는 직장암 4기를 선고받고 암 환자가 되었다. 달라진 일상과 받아들일 수 없는 현실로 고뇌하던 아버지는 마지막에 이런 말씀을 하셨다.

"돈이 있으면 뭐 하나. 건강해야 성공한 삶인 거지."

아버지가 바란 인생의 가장 큰 성과는 건강이었다. 건강이 함께하는 삶이 곧 성공한 삶이 되었다. 부와 명예는 성공의 기준이자 척도가 될 뿐, 성공한 삶을 대변해 주지 못했다. 암으로 부모님을 먼저 보내드리면서, '무슨 부귀영화를 누리려고 아등바등 사는지 몰라. 무탈한 것이 행복하고 성공한 삶이지.'라는 생각이 자주 들기 시작했다.

문득, 사람들이 생각하는 '성공의 기준'이 무엇인지 궁금해진다. 내가 생각하는 성공의 기준은 다음과 같다. 첫째, 고령에도 병원 신세를 안 지고 일상생활을 할 수 있는 것이다. 둘째, 부와 명예의 지속성이다. 소액이라도 꾸준히 벌고 오랫동안 일할 수 있는 자격과 능력을 유지하는 것이다. 셋째, 삶에 감사함을 발견하고 긍정적인 마음을 발휘하는 것이다.

넷째, 주변을 돌보며 선한 영향력을 실천하는 것이다. 다섯째, 속마음을 털어놓을 수 있는 사람들이 적어도 3명은 있는 것이다. 여전히 성공의 기준이 돈, 여유 있는 집과 차, 권력, 인맥 등에 초점이 맞추어져 있는 현실이 조금은 아쉽다. 성공을 바라보는 우리의 시야가 더 넓고 깊어졌으면 좋겠다. 성공의 기준이 세워지면 성과의 종류도 달라진다. 어떠한 성공을 꿈꾸느냐에 따라 충족되는 성과를 얻을 수도 있다. 외부의 인정에 급급한 성과보다 자신이 먼저 만족할 수 있는 성과에 집중하며 살아갔으면 좋겠다.

내면이 충족되는 성과가 있다면,
충분히 성공한 삶이다. 그리고 행복한 인생이다.

완벽주의자의 완벽하지 않은 일

사람들과 일을 하다 보면 다양한 업무 스타일이 발견된다. 개인마다 강점 하나씩은 갖고 있다. 창의적인 아이디어가 늘 번뜩여 주로 목소리를 내는 사람이 있다. 새로운 방법을 고안할 때 굉장한 도움을 준다. 문서 작성에 뛰어난 사람이 있다. 여러 갈래로 쏟아지는 말이 군더더기 없이 정리되어 완성된다. 발표에 능한 귀재도 있다. 호소력 있고 설득력 있는 말솜씨로 청중을 사로잡는다. 반면 강점보다 약점이 주목받는 타입도 있다. 기존 구조를 바꾸고 싶어 하지 않은 사람이다. 새로운 것을 받아들이기를 꺼리고 부정적인 발언을 앞세운다. 또 어떤 사람은 일한 것에 비해 돋보이려는 욕심이 가득하다. 이런 사람은 자기 그릇을 챙기기 바쁘다. 우유부단하여 마감 기한을 제대로 지키지 않는 사람도 있다. 나열하자면 끝도 없이 다양하다.

일을 할 때, 나는 다른 사람의 의견에 최대한 귀를 기울이고, 이를 실무에 반영하려고 노력하는 편이다. 업무의 방향성을 세우고 우선순위를 따져 신속하고 효율적인 일 처리를 추구한다. 모든 항목을 일일이 따져가며 일하지 않는다. 전반적인 범주에서 벗어나지 않으면 허용하고 넘어가는 편이다. 그러다 보면 가끔 사소한 것을 놓치는 실수를 범하기도 한다. 분명한 것은, 디테일에 심혈을 기울일수록 일의 완성도도 높아진다는 사실이다. 하지만 완벽한 완성과 결과는 없다는 것이 주관적인 생각이다. 아무리 완벽주의 성향과 업무 타입을 가진 사람이라도 매번 완벽한 성과를 낸다는 보장은 없다. 완벽주의자는 통찰력이 있어서 보는 눈이 날카롭고 디테일에 강한 특징이 있다. 동시에 큰 숲을 보지 못할 때가 있고 사소한 것에 집착하기도 한다. 만족이 안 될 때마다 쉽게 넘어가는 부분이 없다. 그러다 보면 업무 속도도 현저히 느려진다.

예전에 함께 일한 사수가 있다. 굉장히 꼼꼼한 완벽주의자이며 예민한 성격의 소유자이기도 하다. 완벽하지 않은 나와 완벽주의자가 만나 일을 하게 되니 부딪히는 것들이 생기기 시작했다. 월간 회의를 위해 발표 자료를 만들 일이 있었다. 늘 그래왔듯이, 강조하고 싶은 부분을 주목해서 핵심 사항을 요약하며 자료를 만들었다. 어느 정도 정리한 이후 사수에게 메일로 보내 확인을 해 달라고 부탁했다. 답변 메일이 왔는데 소위 빨간펜을 든 선생님께 지도를 받은 기분이었다.

"이 문구가 이해되요? 다른 표현으로 수정해 보세요."

"도표가 눈에 들어오지 않아요. 혹시 다른 이미지로 대체해 보는 것은 어때요?"

"이 부분의 내용이 약한 것 같지 않아요? 다른 내용을 추가해 보세요."

처음에는 자세한 피드백이 좋았고 적극적으로 수용하여 수정했다. 조금씩 수정을 하다 보니 자료가 훨씬 풍부해지고 전문적인 느낌마저 들었다. 그런데 이미 수정한 사항인데 끊임없이 재수정 요청이 들어오기 시작했다. 결국, 늦게까지 자료가 마무리되지 못했다. 다음 날 오후에 발표가 예정되어 있는데 그녀는 이렇게 말했다.

"혹시 내일 9시 전에 올 수 있어요? 오전 일찍 와서 같이 마무리하면 되겠네요."

발표 전날에는 자료가 이미 완성되어 있어야 하고 준비에 박차를 가해야 한다. 미완성된 자료가 찜찜했고 다음 날 발표가 걱정되기 시작했다.

'이 정도면 충분히 전달될 만한 자료인데…. 도대체 어떤 것을 원하는 거지?'

갑자기 혼란스러워지기 시작했다. 이쯤 되면 어느 정도 유연하게 넘어가도 될 일이라고 생각했다. 결국, 다음 날 그녀가 원하는 방향으로 모든 수정이 마무리되었다. 발표도 무리 없이 지나갔다. 회의가 끝나고 그녀는 웃으며 이렇게 말했다.

"아침까지 고생했어요. 자세히 하니까 완벽히 끝낼 수 있었네요!"

완벽하다고 말한 그녀의 말과 달리 나는 완벽한 느낌을 받지 못했다. 발표자는 나인데 자료는 그녀의 의도대로 완성되었다. 완성도 있게 자료는 다듬어졌지만, 이것이 완벽한 결과라고 보기는 힘들다. 어디까지나 그녀의 기준이자 만족이었다. 지나친 완벽 추구로 에너지 소모가 컸다. 지연된 시간 때문에 다른 업무를 제대로 보지 못했다. 그녀의 업무 스타일을 존중하지만, 효율적이지는 못했다는 결론이다.

주변에도 몇 명의 완벽주의자들이 있다. 알고 지내는 지인은 세심하고 꼼꼼한 성향의 사람이다. 함께 일을 해 본 적은 없지만, 그녀의 말을 듣고 있으면 꽤 신중하고 완벽을 가하는 스타일인 듯하다. 대화하다 보면 하고 싶은 것이 많은 열정적인 사람이라는 것이 느껴진다. 하지만 생각보다 그녀의 일상에는 큰 진전이 보이지 않는다.

"나도 이걸 해 볼까 생각은 했었거든. 비슷하게 이 일을 시작한 사람들이 운영하는 사이트랑 콘텐츠를 봤어. 그런데 아쉬운 게 많이 보이더라고. 나라면 그렇게 안 했을 것 같아."

그녀의 완벽주의 성향은 일의 시작을 망설이게 했다. 완벽한 준비를 해야 완벽한 결과물을 얻을 수 있다는 믿음이 커 보인다. 제대로 안 할 바에 시작조차 안 하는 것이 낫다고 보는 것이 완벽주의자의 심리다. 하지만 완벽하지 않더라도 시작은 할 수 있다. 시작해서 하다 보면 완벽에 가까워질 수도 있다. 처음부터 완벽한 시작은 없고 완벽한 결과도 없다. 우리가 사는 인생도 완벽한 삶은 없다.

자기 계발 코치이자 작가인 개리 비숍이 쓴 『시작의 기술, 침대에 누워 걱정만 하는 게으른 완벽주의자를 위한 7가지 무기』라는 책에 이런 표현이 있다. 무언가 잘못되었다는 느낌이 들면 우리는 삶을 미룬다는 것이다. 생각이 분명하고 기분이 긍정적이며 불안이나 걱정이 완전히 사라지는 순간을 기다리지만, 인생은 그런 식으로 작동하지 않는다고 말한다. 완벽하지 않은 스타일의 나도 가끔 완벽을 가하고 싶을 때가 있다. 그러나 기대한 만큼 준비가 되어 있지 않을 때 일을 미루고 싶어진다. 완벽한 기분을 갖고 시작하는 완벽한 준비는 없다. 완벽이라는 두 글자에 처음부터 힘을 주고 접근하지 않아도 된다. 조금 부족하더라도 충분히 시작할 수 있다. 시작은 부족하더라도 만족할 만한 결과로 만들기 위해 끝까지 열의를 다할 것이다.

삶에 힘을 빼고 지내보자.

틈이 생겨야 채워질 것이 보인다. 서서히 채워가다 보면 완벽에 가까운 것이 완성된다.
완벽하지 않아도 완벽해질 수 있는 인생이다.

마음 잠수에 대처하는 법

잊을 만하면 나를 찾아오는 세 명의 친구가 있다. 바로 번아웃, 무기력, 우울이다. 근처에서 늘 뿌연 안개처럼 흩어져 있는 친구가 우울이다. 반면 번아웃과 무기력은 동시에 찾아오거나 번갈아 가며 찾아오기도 한다. 세 명의 존재감은 생각보다 크다. 일상에 잠복해 있을 때는 삶의 에너지를 빼앗아 간다. 반면에 엄청난 위력을 과시하며 일상을 잡아먹기도 한다. 태풍이 지나간 듯, 감정의 후유증으로 어떤 일도 손에 잡히지 않을 때가 있다. 가끔 나는 깊은 바닷속으로 가라앉는 상상을 한다. 점점 더 깊은 심해로 빨려 들어간다. 눈을 뜨고 일어날 때마다 '꿈이라서 다행이야.'라는 말이 나올 줄 알았는데 반대의 말이 나온다. '지금이 꿈이었으면….' 이라고 나지막이 읊조리며 삶의 무게를 떠안은 채 가라앉고 싶다. 세 명의 존재가 예고 없이 찾아올 때마다, 지친 마음이 깊은 바다에 빠져 있는 '마음 잠수'의 상태가 된다. 이 상태가 되면 아무도 찾지 않는 동굴로 들어가게 된다.

"번아웃이 심하게 온 것 같아요. 오랫동안 고민했는데 이 기회에 쉬고 싶습니다. 퇴사하려고요."

퇴사의 명백한 이유가 번아웃이었던 적이 있다. 당시 직급이 올라갈수록 일이 끊이지 않았다. 팀원들의 업무와 그들의 컨디션까지 챙기며 많은 부분을 감수해야 했다. 해외 관련 업무가 있었는데 쉽지 않았다. 원활한 커뮤니케이션을 하고 매번 성과를 보여줘야 하는 압박감으로 나는 긴장하며 일했다. 열심히 일은 하지만 어느 순간부터 성취감이 크게 느껴지지 않았다. 일한 만큼 인정받지 못한다는 기분도 자주 들기 시작했다. 이 모든 위기 속에서도, 주어진 역할에 감사하고 일복이 많은 사람이라 여기며 묵묵하게 견뎌왔다. 그러나 쉽게 꺼질 것 같지 않았던 열정은 이미 식은 상태였다. 갑자기 아무것도 안 하고 싶어졌다. 심지어 사람들과 마주해야 하는 각종 회의에 참석하기 꺼려졌다. 매일 버거운 느낌 때문에 기분이 자주 가라앉았다. 극도로 심한 피로감이 몰려오더니 쌓아둔 지친 마음이 결국 터지고 말았다.

번아웃은 일에 몰두하다가 신체적, 정신적 피로감을 호소하며 무기력해지는 현상을 말한다. 바쁜 현대인이라면 번아웃을 겪지 않은 사람은 드물 것이다. 일하는 것이 아니더라도 일상의 버거움이 느껴지는 사람도 번아웃에 직면한다. 학원에 다니는 학생도 탈진이 왔다고 이야기할 정도다. 육아하는 부모는 육퇴(육아 퇴근)를 하고 나서 온몸이 소진된 것 같다고 호소하기도 한다.

'살기가 팍팍해졌어.'

라는 말을 할 때가 있다. 삶의 여유가 없고 힘겹다는 뜻이다. 잘 지내고 잘 살고 싶어서 열심히 움직인 것뿐인데, 결국 번아웃을 피해 갈 수 없게 된다. 머리로는 '이제 좀 쉬어 볼까.' 싶다가도 다시 노트북을 붙잡고 있다. 영화 한 편을 보는데 머릿속에 일이 떠나지 않는다. 번아웃이 심하게 찾아오면 무기력도 동반된다. 나는 무기력을 종종 겪는 편이다. 피로한 일상으로 무기력이 올 때도 있지만 삶의 방향성을 잃었을 때 찾아오기도 한다. 어떤 일을 기대했는데 제대로 성사되지 못할 때가 있다. 순간적으로 실망감이 들지만 바로 회복하기도 한다. 그러나 연속된 실패감이 자주 찾아올 경우, 혼란스러움이 가중되며 도무지 갈피를 잡기가 어려워진다. 이런 경우, 의욕이 사라지며 무기력에 빠질 수 있다. 생각이 지나치게 많을 때도 무기력해질 수 있다. 과거에 대한 트라우마와 집착, 미래에 대한 불안과 걱정 등으로 도무지 어떻게 살아야 할지 의문이 들 때 무기력을 만난다. 생각이 많아지면 감정선을 자극한다. 감정들이 흔들리면 우리의 하루를 흔들어 놓는다. 감정에 정복당한 날이 오면 우울의 늪에 자연스럽게 빠진다. 어느 날 일어나지도 않은 일에 대한 과도한 걱정과 두려움이 밀려오면서 갑자기 감정이 가라앉기 시작했다. 뿌연 우울 안개가 드리워지면 슬픔의 눈물이 쏟아진다. 힘이 쭉 빠지면서 말이 없어지고 일상을 바라보는 긍정적인 시야가 흐릿해진다. 번아웃으로 시작하여 무기력과 우울함이 쉴 새 없이 밀려올 때, 마음은 어느새 깊게 잠겨 있다.

마음 잠수가 찾아올 때마다 한없이 가라앉아 있을 때가 많다. 억지로 일으켜 다시 수중 밖으로 나가는 것은 세상에서 가장 힘든 일이다. 삶의 무게감이 나를 짓누를 때, 할 수 있는 일은 힘없는 몸을 간신히 붙들고 가만히 있는 것이었다. 어느 날 눈을 감고 오랫동안 자는 나를 발견했다. 햇살이 쏟아지는 데 그 햇살을 피해 침대에 종일 누워 있었다. 주변의 연락이 귀찮아지고 세상을 알고 싶지 않은 기분마저 들었다. 그러다 보니 눈을 감고 잠을 청하게 되었다. 잠을 자고 난 뒤에 완전히 해소된 것은 아니지만 조금은 정신이 들었다. 이런 상태로 꽤 오래간 적이 있다. 2주가 넘게 나를 일으키지 못했다. 그러다가 문득 몸을 일으켜 책 한 권을 들고 카페에 갔다. 현관문을 열고 밖을 나가는데 사람들의 분주한 움직임이 눈에 들어온다. 카페에서 주문하고 주변을 둘러보았다. 혼자 숨어 있던 동굴의 세계와 달리 아무렇지 않은 듯 돌아가는 일상의 세계가 있었다. 나도 아무렇지 않은 듯 커피를 마시고 책을 펼쳐 몇 줄을 읽어 내려간다.

"왜 그러고 있어. 평소답게 굴어!"

주변에 앉아 있는 일행 중 누군가 던진 이 한마디에 정신이 번쩍 뜨였다. 마음이 깊은 바다에 빠져 있지만, 일상은 변한 것 없이 흘러가고 있었다. 평소에도 나답게 보통의 시간을 보내면 되는 것이었다. 마음이 내키지 않더라도 묵묵히 일상을 보내는 것이다. 결국, 힘든 마음이 돌아갈 곳도 나의 일상, 나의 삶이었다. 아무렇지 않은 듯 기분을 억지로 내는 것이 아니라 아무렇지 않은 일상으로 복귀하는 것이다. 변함없는 일상에 다시 흡수되다 보면 부정하고 싶은 마음들이 어느새 사그라든다. 심해에 빠져 있는 마음도 수면 위로 서서히 올라오기 시작한다. 갑자기 커피를 마시다가 생각나는 친구에게 전화한다.

"나야, 너 뭐 하고 있었어? 나 이제 정신 차려진다."

자연스럽게 친구와 일상을 나누다가 그동안의 힘든 마음을 고백한다. 솔직한 마음을 조금 털어놓고 나면 확실히 어제보다 가벼운 마음이 되어 있다. 일상을 포기하지 않고 지내는 것 그리고 가까운 사람과 솔직한 마음을 털어놓을 수 있는 용기를 내는 것이 잠긴 마음을 끌어 올릴 수 있는 방법이다.

우리는 살면서 계속해서 부딪히는 마음의 멍을 회복시킬 필요가 있다. 닿기만 해도 욱신거리는 마음의 멍을 치유할 수 있는 곳이 바로 '현재의 일상'이다. 일상을 회피하지 말고 평소처럼 지내는 것이 중요하다. 일상을 보내다 보면, 쓰러져 있던 위태로운 마음 블록들이 자연스럽게 세워진다. 과도한 번아웃이 찾아올 때, 숨을 쉴 수 있는 하루를 위해 스케줄을 관리한다. 휴식의 일상을 우선순위로 만든다. 무기력이 찾아올 때, 일상을 외면하지 않고 평소처럼 지내려고 노력한다. 우울함이 오래 갈 때, 가라앉는 기분을 잠시 돌릴 수 있는 일상을 찾아본다. 몸을 움직일 수 있는 산책이나 가벼운 운동, 집안일, 혹은 취미나 여가 생활에 잠시 집중해 본다. 당신의 일상을 최대한 놓치지 않기를 바란다.

차가운 바다 깊은 곳에 마음이 잠긴 날,
여느 때처럼 당신답게 일상을 보내고 세상과 어울릴 수 있기를.

하기 싫은 일도 해야 한다면

이제야 실감 나는 것이 있다. 바로 하고 싶은 일만 추구하며 살 수 없다는 것이다. 생계 수단으로 돈을 벌어야 하는 상황에 직면했을 때는 더욱 그렇다. 당장 원하는 것을 할 수 없다면 현실을 먼저 살아야 하는 경우다. 오랜 무명 생활을 하면서 아르바이트를 병행한 배우가 있다. 드라마 〈미스터 션샤인〉을 시작으로 영화 〈기생충〉 등에 출연하면서 연기파 배우로 자리매김하게 이정은 배우다. 그녀는 20년간 무명 시절을 겪었다. 수입이 일정하지 않아 40세까지 아르바이트를 하며 현재의 일을 이어갔다. 연기 학원 선생님, 마트 캐셔, 간장 판매원, 녹즙 판매원 등 아르바이트의 종류도 다양하다. 수많은 아르바이트를 하면서 그녀는 연기를 놓지 않았다. 아르바이트를 하기 싫은 일이라고 단정할 수는 없다. 하지만 적어도 하고 싶은 꿈은 아닐 것이다. 어쩌면 하고 싶지 않지만 해야 하는 것도 우리에게 주어진 삶의 기회일지도 모른다.

　운이 좋게도 나는 하고 싶은 것이 생기면 할 수 있었다. 이것도 부모님 슬하에 있을 때 가능한 일이었다. 부모님이 돌아가시고 회사를 나오게 되면서 진짜 현실을 체감하게 되었다. 나가는 돈은 많고 들어오는 돈은 한정적이니 금전적으로 유독 힘든 달이 많아졌다. 게다가 남동생과 공동 상속인이 되어 상속세의 부담을 함께 떠안게 되었다. 상속세는 사망 때문에 무상으로 이전되는 재산에 부과되는 조세이다. 부모님께 받는 재산이 하나라도 있으면 무조건 상속세를 내야 한다. 상속에 관해 전혀 모르고 살았는데 일찍부터 세금 납부의 의무가 생긴 것이다. 어떻게 보면 감사한 일이라고 여길 수 있다. 하지만 여유가 없는 상황에서 오히려 부담스러운 금액을 더 지불해야 하는 상황이 되었다. 앞으로 남은 세액을 어떻게 대처할 수 있을지 지금도 고민이다. 이 일로 나는 굉장한 스트레스를 받았다. 현재 운영하는 스튜디오의 수입도 불규칙적이라 이것으로 만족할 수 없는 상황이었다. 혼자 이런저런 생각이 들 때마다 아르바이트 자리를 검색했다. 하지만 아직 육아가 우선인 상황이라, 시간에 맞추어 할 수 있는 일자리는 제한적이었다.

　어느 날 눈에 들어오는 아르바이트가 있었다. 바로 청소하는 업무였다. 이 일의 장점은 동네에서 일할 수 있고, 원하는 시간을 설정할 수 있으며, 수당도 바로 받을 수 있다는 것이다. 개인적으로 청소하는 일에 대한 부담이나 반감은 크게 없는 터라 간단한 인적 사항을 등록했다. 업체에서 전화가 오더니 당장 다음 날부터 일할 수 있는 자리를 제안해 주었다. 막연한 생각이었는데 갑자기 결정해야 하는 상황이 펼쳐지니 망설여졌다. 결국, 다시 연락을 주겠다고 하며 전화를 끊었다.

'지금 상황에서 가릴 것이 남아 있나. 왜 망설이는 거야.'

짧은 한숨과 함께 아직도 현실 파악이 되지 않은 내가 어리석게 느껴졌다. 완전히 내키는 일이 아니었기 때문에 머뭇거려졌다. 이런 일이 있고 난 뒤, 재택으로 가능한 일을 찾아보기 시작했다. 시간이 지나고 난 후, 남편과 저녁을 먹다가 조심스럽게 털어놓았다. 말을 듣더니 남편이 조금 놀라는 눈치였다.

"직업에 편견이 있는 것은 아닌데 네가 그 일을 지금은 안 했으면 좋겠어."
"이제 나는 무슨 일이든 할 수 있을 것 같아. 그런데 자존심과는 별개로 내가 고민하는 것은 따로 있어. 당장 이 일을 해 보면서 소액이라도 바로 모아 보며 스튜디오 운영에 집중할지, 아니면 시간이 조금 걸리더라도 관심 분야에 연관된 일을 찾아 수익을 내는 방법을 모색해 봐야 할지 말이야."
"그래, 한번 잘 생각해 봐. 돈도 중요한데 하고 싶은 일을 해야 하는 사람이잖아."

"그런 사람이었는데 요즘은 생각이 많이 바뀐 것 같아. 하고 싶은 일만 다 하고 살 수 없잖아."

여전히 마음에 남아 있는 해 보고 싶은 일들이 있다. 안타까운 것은, 배우고 시작하는 데 시간과 돈의 투자가 필요하다는 것이다. 먼저, 너무 멀리 보지 않고 가까이 있는 것들에 집중하기로 했다. 단시간 내 준비해서 바로 시작해 볼 수 있는 일을 찾아보기로 했다. 그중 블로그 운영, 글쓰기, 클래스 기획 및 실행, 퍼스널 콘텐츠 개발, 스마트 스토어 등이 포함되어 있다. 현재 운영하는 공간과 연관된 이벤트도 구상 중이다. 일단 마음껏, 능력껏, 상황적인 여건이 닿는 일부터 시작해 보기로 했다. 이 모든 것을 하기 위해서는 더 많은 에너지를 내고 효율적으로 진행해야 하는데 걱정부터 앞선다. 그런데도 일단 시작해서 꾸준히 하다 보면 계속해서 할 수 있을지 혹은 없을지, 판단되는 순간이 찾아올 것이다. 그 시간을 너무 길게 잡지 않기로 했다. 이런 계획도 어떻게 변해갈지는 아무도 모른다. 앞으로 생소하거나 하기 싫은 일도 해야 한다면 기꺼이 받아들이기로 했다. 지금까지 경험하지 못한 세상을 배운다는 마음으로 과감하게 부딪히는 것이다. 처음부터 만족이 되지 않은 시작이라도 일단 만족할 만한 훗날을 위해 뛰어들기로 했다.

"배우로서의 얼굴이 만들어지는 데 필요한 시간이었다고 생각해요."

〈대화의 희열〉이라는 프로그램에 나온 이정은 배우가 남긴 말이 인상적이다. 다양한 삶의 경험이 지금의 연기파 배우로 우뚝 솟게 했다. 지금의 자리에 오기까지 그녀는 무수히 많은 시간을 현실과 타협하기 위해 고군분투하며 살아왔을 것이다. 그 시간을 담대하게 받아들이고 인생의 배움으로 전환한 그녀가 유독 눈부시고 빛난다. 하기 싫은 일도 하다 보면 삶의 밑거름이 되어 우리를 성장하게 만들어 줄 것이다. 원하지 않은 일을 해야 하는 순간이 온다면, 값진 배움과 깨달음의 기회를 얻는다는 마음으로 기꺼이 수용하면 된다.

우리의 인생은 그 어떤 것도 헛된 것이 없다.
그래서 더욱 소중하고 아름답다.

인생에 퍼스널 콘텐츠가 필요해

누군가에게 말하고 들려주고 싶은 고유한 이야기가 있었으면 좋겠다. 한마디로 '나만의 것'에 대한 갈망이 시작된 것이다. 더 이상 A 회사의 B 소속 C 팀장이 아니다. 무소속이지만 자유롭게 목소리를 내고 개념 있는 활동을 하며 돈도 버는 사람이 되는 것이다. 요즘은 그야말로 콘텐츠가 주목받는 세상이다. 온라인 속에는 각자의 이야기 채널이 있다. 페이스북, 인스타그램, 유튜브, 블로그 등 이미 편리한 디지털 공간이 확보되어 있다. 여기에서 사람들은 각자 고유의 콘텐츠를 자유롭게 공유한다.

오래전부터 구독자로 즐겨보던 유튜브 채널이 있다. 바로 〈김유진 미국변호사YOOJIN〉이다. 우연히 보기 시작한 채널인데 굉장한 화제를 불러일으켰다. 많은 사람에게 삶의 동기를 일으켜주는 콘텐츠 때문이다. 평범한 일상을 보여주지만 그 속에는 특별함이 숨어 있다. 새벽 4시 반부터 시작되어 꾸준한 모닝 루틴을 실천하는 그녀의 일상은 보는 것만으로도 동기부여가 된다. 결국, 그녀의 이야기는 책으로 출간되었다. 『나의 하루는 4시 30분에 시작된다』라는 책이 나오고 미라클 모닝의 돌풍을 일으키기도 했다. 처음부터 인기 있는 유튜브 채널이라 따로 챙겨 본 것이 아니었다. 비슷한 영상들이 많은데 희한하게 계속해서 보게 되는 끌림이 있었다. 그녀가 어느 영상에서 이런 이야기를 한 적이 있다. 뻔해 보이는 자신의 영상을 왜 사람들이 보는지 의문이었다고 한다. 이런 의문과 함께 지난 시간을 돌아보고 영상을 되짚어 보면서 그녀는 깨달았다. 사람들은 영상 속 그녀의 일상을 읽는 것이 아니라 일상을 대하는 그녀의 태도, 생각, 마음가짐을 읽은 것이었다. 그녀가 중요하게 생각하는 삶의 가치가 영상에 녹여져 있고 이를 독자들이 알아봐 준 것이다. 뻔해 보이는 그녀의 일상은 특별한 이야기가 되었다. 똑같은 하루지만 늘 다른 자신이 있었다고 언급했다. 그녀는 매일 새벽 4시 반에 이미 인생의 퍼스널 콘텐츠를 만들어 가고 있었다.

"세상은 별것 없는 것 같지만 우리의 인생은 생각보다 재미가 있다."

김유진 변호사가 한 말이다. 누구에게나 똑같은 인생이 주어져도 사는 방식, 생각하는 가치관은 서로 다르다. 어떤 사람은 보이는 삶만 살지 않고 보이지 않은 삶을 꺼내어 궁금해 한다. 그 과정에서 자신만의 삶의 콘텐츠를 만들어 간다. 바로 인생의 퍼스널 콘텐츠 크리에이터가 되어 가는 것이다. 여전히 우리 사회는 '남의 이야기'에 관심이 많은 편이다. '나도 이렇게 해야지. 저렇게 살아야지.'라는 생각들이 강하게 자리 잡고 있다. 그러다 보면 타인의 삶이 표본이 되어 그대로 따라 사는 인생이 될지도 모른다. 상대방의 좋은 점을 발견하여 자신의 삶에 적용해 보는 것은 뜻깊은 일이다. 자신의 강점을 발견하여 자신의 삶을 성장시키는 일은 더욱 가치 있다. 이 가치 있는 일을 만들기 위한 삶의 경험이 바로 인생 콘텐츠가 된다. 자신의 인생 콘텐츠가 누군가에게 선한 영향력을 끼친다면 이보다 의미 있는 일은 없을 것이다.

인생의 퍼스널 콘텐츠는 세상이 듣고 싶은 이야기가 아니다. 구독자들의 일시적인 관심을 끌기 위한 소재도 아니다. 자신의 탄탄한 인생관이 묻어나는 이야기다. 육아하면서 터득한 훈육에 관한 노하우가 하나의 인생 콘텐츠가 될 수 있다. 바쁘지만 집밥은 챙겨 먹고 싶어 시작한 퀵 요리 방송도 흥미로운 경험 콘텐츠가 될 수 있다. 사업에 실패한 사람이 시련을 딛고 성장하는 시간이 하나의 동기부여 콘텐츠가 되기도 한다. 이처럼 내가 사는 이야기와 생각이 곧 우리 모두의 인생 콘텐츠가 될 수 있다. 이러한 퍼스널 콘텐츠는 SNS를 통해 공유되어 파급력 있게 움직인다. 퍼스널 콘텐츠가 자리 잡게 되면 하나의 퍼스널 브랜딩을 만들어 준다. 나의 이야기가 나만의 브랜드라는 공식적인 옷을 입게 되는 것이다. 퍼스널 브랜딩은 자신을 브랜드화하여 특정 분야에 대해서 먼저 자신을 떠올릴 수 있도록 만드는 과정을 의미한다. 차별화된 자신만의 색채와 향기를 담고 있다. 콘텐츠가 추구하는 방향, 비전, 전략을 명확하게 제시하며 일관성 있는 메시지로 세상에 알린다. 하나의 브랜드로 인지되어 알려지면 사람들의 니즈가 발생한다. 이를 충족해 주는 과정에서 사람들에게 도움을 주고 수익이 창출되기도 한다. 자신이 브랜드가 되어 인정받고 쓰임이 되는 것은 인생에서 정말 값진 기쁨이 될 것이다.

당신이 들려주고 싶은 삶의 이야기는 무엇인가?

단 하나뿐인 퍼스널 콘텐츠로 당신의 매력을 충분히 뽐내도 좋다.
우리는 당신의 반짝이는 인생에 귀를 기울이고 싶다.

점프 대신 스텝 바이 스텝

"속도를 줄이고 인생을 즐겨라.

너무 빨리 가다 보면 놓치는 것은 주위 경관뿐이 아니다.

어디로 왜 가는지도 모르게 된다."

- 에디 캔터 -

   날씨가 좋은 어느 날, 아기와 산책했다. 잘 걷기 시작한 아기는 이제 두 발을 모으고 함께 뛰기도 한다. 마음이 급해지면 걸음에 속도가 붙는다. 이럴 때는 넘어질까 봐 내가 뒤에서 바짝 쫓아가기 바쁘다. 지금 사는 아파트 바로 앞 건물에 무인 문방구가 있다. 아파트 주차장 입구에서 나오자마자 조금 걷다 보면 바로 보인다. 우연히 들어간 이곳을 보는 재미가 생겼는지 거의 매일 들리다시피 하고 있다. 어린이집에서 하원 하면 주차장 밖으로 나가자고 손을 이끈다. 익숙한 동선으로 자신감 있게 걸어가고 문방구가 보이기 시작하면 이내 뛰어가듯 걷는다. 그러다 순식간에 쿵 하고 넘어졌다. 삐죽거리더니 울기 일보 직전의 표정으로 바뀌었다.

"괜찮아! 엄마가 호~ 해 줄게. 씩씩하게 일어나 볼까?"

눈 앞에 펼쳐진 문방구를 보며 다시 일어난다. 함께 안에 들어가 장난감과 각종 용품을 구경했다. 거기서 좋아하는 뽀로로가 그려진 장난감 도장이 있었다. 도장을 작은 손에 쥐더니 쥔 손으로 또 다른 장난감을 달라고 한다. 하나씩 손에 쥐는 거라고 알려줘도 여러 개를 한꺼번에 쥐고 싶나 보다. 버거운 손에서 도장이며 다른 장난감이며 하나둘씩 바닥에 떨어지기 시작한다. 떨어진 장난감들이 고장이라도 날까 봐 나는 후다닥 짚기 바쁘다.

"장난감은 하나씩 손에 쥐는 거야. 한꺼번에 가지려고 하면 이렇게 바닥에 떨어져서 결국 아무것도 가져갈 수가 없어."

귀담아듣는지는 모르지만, 장난감을 주우면서 반교육 겸 반잔소리가 나온다. 딸은 성격이 차분한 편인데 자기에게 꽂히는 것을 보면 굉장히 급해진다. 밥을 먹을 때도 너무 급하게 먹어서 모든 음식을 잘게 썰어 줄 때도 있다.

급한 성미를 보일 때마다 마치 나를 보는 것 같다. 평소 나도 차분한 편인데 관심 있는 것을 보거나 움직여야 한다고 판단되면 순식간에 몰입하여 속도를 내는 편이다. 회사에 다니더니 서두르고 조급한 성향이 더 심해졌다. 일의 분량은 많은데 마감 기한이 코 앞일 때마다 마음은 더 급해진다. 그럴 때마다 상대적으로 업무 속도가 느린 성향의 팀원이 답답할 때가 많았다. 빠른 결과물을 만나기 위해 내가 업무를 가져와 일을 그냥 처리할 때가 있다. 일과 관련된 부분뿐만 아니라 평소에도 나의 마음은 늘 조급해 있다. 사람들과 관계를 맺을 때 가끔 친분을 빨리 쌓고 싶은 마음이 있다. 서먹한 관계일수록 나도 모르게 말을 많이 하는 버릇이 생겼다. 어색함을 떠나 관계에 속도를 내는 것이다. 그래서 처음 나를 본 사람들은 사교적인 사람이라고 생각할 때가 있다. 남녀의 관계도 마찬가지다. 지금 남편과 소개팅을 하고 1년간의 만남 끝에 결혼하게 되었다. 30대 중반이 되어 서로 만났다. 나는 당시 연애와 결혼 두 마리의 토끼를 한꺼번에 잡고 싶었다. 결혼이 전제되지 않은 사람과 연애를 오랜 시간 끌필요가 없다고 생각했다. 6개월의 만남이 되어갈 때쯤 그가 나를 어떻게 생각하고 있는지 궁금했다. '이 사람과 꼭 결혼해야지.'라는 확신이 처음부터 든 것은 아니었다. 마음은 이미 깊어진 상태였다. 그가 결혼상대자로 나를 생각하며 결혼을 이끈다면 바로 골인하고 싶다는 생각은 했다.

"우리가 만난 지 벌써 6개월이 되어가잖아. 오빠는 앞으로 우리 관계를 어떻게 생각하고 있어? 나이가 어린 것도 아니잖아. 단순한 연애를 할 생각이면 우리 관계를 다시 한번 생각해 보았으면 해."

당돌한 발언을 하고 난 뒤, 우리는 일주일 이상 생각할 시간을 가졌다. 결국, 그의 진심을 듣고 결혼 준비로 이어지게 되었다. 가끔 기억을 떠올릴 때마다 어처구니가 없어서 웃음이 나온다. 매일 나는 무엇을 그렇게 참지 못하고 자꾸만 서두르는 것일까. 이 모든 것이 고질적인 조급증에서 시작되는 것이다. 성취를 내면서 동시에 빠른 성과를 보고 싶은 마음 때문이다. 과정에 진심을 보이지만 그것을 오래 끌고 싶어 하지 않는 것이다. 누구나 공을 들인 것에는 이른 시일 내에 좋은 결과를 만나길 바란다. 이왕이면 단시간에 만족하는 결과를 보면 좋겠지만, 그렇지 않은 경우가 충분히 있다. 우리가 10을 쏟아부었다고 해도 10의 결과가 똑같이 나온다는 보장은 없다. 10보다 못 미치는 5의 결과가 나올 수 있다. 심지어 10의 결과가 당장 내일 나온다는 확신도 할 수 없다. 20의 결과로 어느 날 갑자기 만날 수 있다. 요즘 사람들은 단시간 내에 습득해서 빠른 만족을 원하는 심리가 커졌다. 누군가 자신보다 속도를 내는 것을 보면 굉장히 불안해 하고 조급해 한다. '나도 빨리해야지.'라는 마음으로 삶에 속도를 내기 시작한다. 중요한 것은 속도를 내는 삶이 아니라 과정에 충실한 삶이다. 멋진 성공을 이룬 사람들은 절대 속도에 연연하지 않는다.

저마다의 속도로 한 걸음씩 쌓아 온 탑이 모여 결국 높이 올라가게 되는 것이다. 그러한 과정에서 끊임없는 노력과 꾸준한 인내가 있었음을 알아야 한다.

모든 일에는 순차적인 흐름이 있다. 한 걸음, 한 단계, 점진적인 과정이 있는 것이다. 점프해서 한 걸음 앞서 나가려는 조급한 마음을 낼수록 오히려 넘어져서 속도를 내지 못한 변수가 생긴다. 속도를 내는 데만 집중하다 보면 정작 눈여겨봐야 할 것들도 놓치게 된다.

인생의 꽃이 피어나는 공든 탑은 순식간에 완성되지 않는다.

지금은 탑이 무너지지 않도록 천천히 쌓아 갈 때이다.
묵묵히 가는 시간이 우선이다.

세상에서 가장 여유로운 할머니

언젠가 나이가 든 나에게 딸이 건강 좀 챙기라는 잔소리를 할 것 같다. 그럴 때 이런 말을 하고 싶다.

"나보고 자꾸 누워 있으라고 하지 마. 나가서 일할 거야."

인생 후반으로 갈수록 건강이 쇠약해지기 마련이다. 어느 날 노인이 된 부모님을 보며 자식들은 한결같이 무리하지 말고 편히 쉬라는 말을 한다. 당연히 아끼는 마음에서 우러나온 말이다. 그러나 노인이 되어도 스스로 움직이고 일하는 삶을 나는 꿈꾼다. 현실에 대한 걱정보다 일상의 여유로움을 즐기고 싶다. 느긋하고 차분하게 생각하거나 행동하는 마음의 상태를 일컫는 '여유'가 있는 삶을 사는 것이다. 여유로움을 통해 아직 남은 삶의 열매를 끊임없이 만들고 싶다.

　연세대 철학과 김형석 명예교수는 100세가 넘은 나이에도 건강을 유지하며 활동하고 있다. 나이가 무색하게 집필과 강연 등에 매진하며 많은 사람에게 본보기가 되고 있다. 어느 한 인터뷰에서 그의 건강 비결을 묻는 질문에 그는 이런 말을 했다. 어렸을 때부터 건강하지 못해서 과로나 무리는 하지 않고 살았다는 것이다. 100을 할 수 있어도 90에서 멈추는 것이다. 늘 여유를 두는 것이 우선이라고 덧붙였다. 신체적으로 건강한 사람이 오래 사는 게 아니고, 무리하지 않는 사람이 오래 사는 것이라고 강조했다. 아무리 다양한 활동을 해도 반드시 무리하지 않은 선에서 여유를 두는 자세. 이것이 100세의 인생을 살 수 있는 비결이었다. 경제적으로 걱정 없고 자식 걱정이 없는 완전한 해방상태가 되었을 때, 우리는 비로소 여유를 찾을지도 모른다. 여유는 무엇을 다 이룬 후에 갖는 짬의 상태가 아니다. 크게 아프지 않은 상태, 느긋한 생활, 즐거운 마음을 유지하는 것이 진정한 여유로움이다.

　요즘 딸에게 읽어 준 책이 있다. 유명한 이솝 우화인 『개미와 베짱이』다. 겨울을 대비해 음식을 모으는 개미와 따뜻한 계절 동안 노래를 부르며 시간을 보낸 베짱이에 관한 이야기이다. 이 동화를 읽을 때마다 나다운 관점으로 새로운 해석이 붙기 시작한다. 부지런히 일한 개미의 근면 성실이 돋보이지만 일만 하느라 고되어 보인다는 느낌이다. 너무 일만 해서 탈진이 온 것은 아닌가 걱정스러운 마음도 든다. 반면 베짱이는 게

으른 면이 있지만, 일상을 즐길 줄 아는 배짱이 보인다. 남이 뭐라 하든, 스스로가 즐겁고 행복해 보인다. 게으름이 지나쳐서 얻어지는 결과가 없다는 것이 슬프지만, 할머니가 되어도 저 여유로운 배짱은 갖고 지내고 싶다. 세상에서 가장 여유로운 할머니가 되어 여전히 글을 쓰고 SNS에 소식을 전하며 살고 싶다.

담담하고 여유로움이 묻어나는 사람과 함께 있으면 마음이 평온해진다. 최소한 마음을 불안하게 만드는 언행이나 행동을 하지 않는다. 가끔 여유로운 공감 한 마디가 굉장한 위로가 된다. 유명한 양희은 가수가 자주 하는 말이기도 하고 책 제목이기도 하다. "그러라 그래."라는 말에 이어 이 말도 꽤 와닿는다.

"그럴 수 있어."

당연히 그럴 수 있는 상황과 그런 감정을 갖는 우리를 이해해 주는 말 같다. 이런 말을 해 주는 상대방에게서 따뜻한 여유로움이 보인다. 어떠한 상황에서도 크게 동요되지 않고 온전히 상대방을 안심시켜 줄 수 있는 태도. 여기에 사람과 삶을 대하는 너그러움이 은은하게 전해진다. 『그럴 수 있어』의 책에 이런 문구가 있다. 출근길 여의도 공원 단풍이 봄날의 꽃보다 화사한데, 나이 듦도 꽃보다 더 깊은 화려함일 수 있다는 생각을 담은 표현이다. 나이 듦도 기꺼이 환영하며 귀중한 시기를 행복하게 보내고 싶은 마음이 엿보인다.

당신도 나이가 들수록 눈에 비치는 세상을 포용하며 여유로움을 잃지 않고 살아갔으면 좋겠다. 속이 시끄럽다면 마음에 고요한 호수를 드리우고, 귀가 불편하다면 관대함으로 자연스럽게 흘러가도록 해도 좋다. 세상에서 가장 인자한 미소를 짓고 있는 할머니, 할아버지가 되었으면 좋겠다. 그 미소가 바로 여유로움 속에서 피어나는 행복한 미소이다.

무리하지 않은 삶을 지내기를 바란다.
오랫동안 여유로운 인생을 만끽할 것이다.

여유로움이 가득한 인생 후반을 꿈꾸어 보기를.

<지친 마음을 회복시키는 치&휴 클래스>

3교시 치&휴 클래스 심화

당신의 삶은 예술과 얼마나 가까이 있나요?

마음이 심란하고 복잡할 때,
예술을 곁에 두는 것만으로도 마음에 쉼이 생깁니다.

그림으로 산책하며 마음으로 사색하는 시간을 갖는 것이죠.
이것이 바로 '마음 미술관'입니다.

그림이 눈으로 전달되고, 마음으로 전해지며, 감정이 입혀집니다.
그림을 통해 느껴지는 감정이 당신의 마음 상태일 수도 있습니다.
이때, 충분한 시간을 갖고 그림을 보며
여러 각도에서 세심하게 감상하는 것이 중요합니다.

마음 미술관

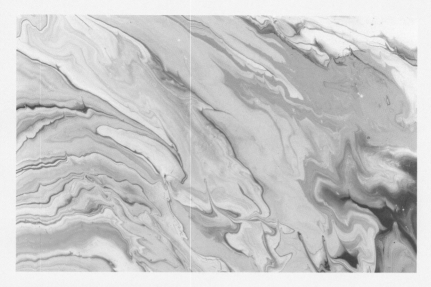

그림을 마음으로 읽는 감상법

1. 그림 감상 – 20초간 그림을 바라보고 감상하기

2. 그림 사색 – 떠오르는 생각, 감정 읽기

3. 감정 점검 – 그런 감정이 든 이유 점검

4. 마음 환기 – 그림을 통한 감정 승화, 환기

유명하거나 유행하는 작품이 아니더라도, 누군가 그린 그림으로

마음에 휴식을 얻을 수 있고, 삶의 영감을 얻을 수 있습니다.

오늘, 마음에서 미술관을 다녀오는 것은 어떨까요?

10:00pm

찬란한 내일이 기다려질 때

삶이 얼굴에 드러날 때

육아하면서 거울 보는 일이 드물어졌다. 고양이 세수를 하고 거울을 보는데, 갑자기 무표정한 얼굴이 눈에 들어온다. 거울 속에 어색한 내가 서 있다. 거울을 보는 이유는 주로 화장 상태를 점검하거나 피부에 트러블이 났을 때이다. 어느 순간부터 거울에 먼저 보이는 것은 주름 뒤에 올라오는 표정이었다.

'많이 늙었네. 사람이 왜 이렇게 어두워 보이지.'

세월의 흔적도 야속한데 알 수 없는 칙칙한 분위기가 느껴진다. 특별히 힘든 일이 있는 것은 아니었다. 복잡한 생각들로 지친 시간이 얼굴에 드러난 것 같다. 얼굴의 표정에는 다양한 분위기가 공존한다. 가끔 무표정에서 냉랭한 분위기가 나올 때가 있다. 눈은 웃고 있는데 어딘가 슬픈 분위기가 전해진다. 얼굴이 밝아 보이고 동시에 평온한 분위기가 느껴지기도 한다. 이제 얼굴을 보면 사람의 지나온 삶이 느껴진다. 누군가의 인생을 정확히 알 수 없지만 적어도 어떤 마음으로 살아왔는지 감히 추측하기도 한다. 일반적으로 "관상이 보인다."라는 말이 있다. 관상은 수명이나 운명과 관련이 있다고 믿는 사람의 생김새, 얼굴 모습을 일컫는다. 사람의 얼굴을 보고 운명, 성격 등을 가늠하기도 한다. "인상이 좋다, 나쁘다."라는 말도 자주 한다.

"생긴 대로 사는 것이 아니라, 사는 대로 얼굴이 변하는 거죠."

우리나라 첫 인상학 박사인 주선희 교수는 34년 동안 인상학을 연구하며 얼굴 경영의 중요성을 강조한 분이다. 관상이 '생긴 대로 산다.'라는 의미라면, 인상은 '이렇게 살면 얼굴이 변한다.'라는 것이다. 실제로 사람은 타고난 관상이 있을 수 있지만, 삶을 통해 인상이 만들어질 수 있다고 말한다. 인간은 감정에 따라 다양한 표정을 짓는다. 또한, 삶에 따라 다양한 인상이 드러난다. 가끔 자주 짓는 표정이 오랜 시간을 두고 인상으로 굳어질 때도 있다. 우리의 얼굴은 계속해서 변하고 바뀌어 간다.

사람을 만날 때 상대방의 얼굴이 자연스럽게 읽힐 때가 있다. 상대방의 성격이 어느 정도 가늠이 되더라도 만날 때마다 표정과 분위기가 다르게 느껴지기도 한다. 오랜만에 가까운 지인을 만났다. 내가 생각하는 그녀는 늘 온화하고 다정다감한 성격의 소유자다. 막상 만났을 때 눈에 비친 그녀에게 왠지 모를 다운 된 분위기가 전해졌다.

"언니, 잘 지냈어요? 우리 이제야 보네요."

"그러게. 자기는 얼굴이 좋아 보인다."

"그래요? 저는 늘 똑같아요. 하루하루가 어떻게 지나갔는지 모르겠어요."

"다른 것을 다 떠나서 사람이 구김 없이 꼿꼿해 보여. 뭐든지 열심히 하는 모습이 보기 좋아."

"그렇게 보이면 다행이네요. 언니는 요즘 어때요?"

"나도 특별한 일은 없어. 그런데 한 달 넘게 속앓이가 좀 있었지."

그녀의 지나간 시간을 귀로 듣고 얼굴을 보고 이해하게 되었다. 표정과 함께 전해지는 특유의 분위기는 예전부터 지닌 성격, 인품, 태도에서 현재의 감정, 에너지, 가치관 등이 복합적으로 얽히며 표현된다. 나이가 들수록 인상과 분위기가 얼굴에 나타난다. 이날 지인의 표정과 분위기도 얼굴로 먼저 가늠할 수 있었다.

"얼굴은 삶의 이력서다."

법정 스님의 말씀이다. 얼굴이 우리의 삶을 대변해 준다. 지금까지 이력이 담긴 얼굴은 현재 어떠한 모습인가. 앞으로 이력을 통한 얼굴은 어떻게 변해갈까. 어느 날 유튜브에서 인상적인 영상을 본 적이 있다. 유명 배우들의 젊은 시절부터 지금까지의 모습을 순차적으로 담은 것이다. 마치 인생 단편 영화를 보는 것 같았다. 이 영상을 볼 때마다 느낀 것이 있다. 먼저, 젊은 만큼 빛나는 최고의 외모는 없다는 것이다. 그리고 나이가 들면서 변해가는 모습이 사람마다 차이가 있다는 사실이다. 어떤 배우는 젊었을 때부터 가지고 있던 고유의 인상이 중년이 되어도 변함이 없다. 그에 비해 다른 배우는 시간에 따라 인상 차이가 매우 크다. 단지 노화로 인한 변화가 아닌, 드러나는 인상과 분위기가 전혀 다른 사람 같다. 지나온 세월과 삶의 흔적이 얼굴에서 놀랍게도 보이는 것이다. 어떤 삶이 이토록 사람의 얼굴을 변하게 했는지 궁금해진다. 우리는 거울에 보이는 주름을 걱정할 것이 아니라, 삶이 묻어 있는 얼굴을 점검해야 한다. 이제 거울에 비친 얼굴을 유심히 바라보게 될 것이다.

아름다운 얼굴을 갖고 싶다면, 품격 있는 삶을 먼저 살아 보는 것은 어떨까.
당신의 얼굴에 아름다운 이력이 추가될 것이다.

당신 곁에 치.휴.습관

2min

"치유는 지혜로운 인생의 수양이다."

- 얀 칼리트카트 -

아픈 친정엄마의 병간호 생활을 할 때 일이다. 병실 한쪽에 놓여 있는 간이침대에서 매일 불안한 마음을 달래야 했다. 극도로 힘들어 하는 엄마를 지켜볼 때, 극한의 두려움으로 감정 절제를 하려고 애썼다. 그때 처음으로 '명상'이라는 것을 알게 되었다. 명상은 한 곳에 집중하고 생각을 전환하는 과정을 통해 마음을 훈련하는 것이다. 특히 부정적 생각으로 마음이 혼란스러울 때, 감정을 회피하지 않고 거리를 두면서 마음을 객관적으로 바라볼 수 있게 한다. 병원 안에서 매트를 깔고 온전히 명상할 수 있는 상황은 불가능했다. 오직 간이침대에서 앉아 잠시 눈을 감고 심

`

호흡을 천천히 하는 것이 최선이었다. 우연히 알게 된 '마보'나 '헤드스페이스'라는 명상 앱을 보고 명상을 따라 하기 시작했다. 엄마가 주사를 맞고 잠시 낮잠이 들 때나 저녁에 막 잠들었을 때, 호흡을 가다듬으며 마음을 챙겼다. 처음에는 명상에 대한 호기심 반, 어디라도 붙들고 싶은 마음반으로 시작했다. 신기한 것은 의식적으로 마음을 안정시키려고 노력할수록 그 순간만큼은 고요한 평온이 찾아온다는 것이다. 누군가 나의 손을 잡아 준 것도 아니고 위로의 말을 전해 준 것도 아니었다. 스스로 내적 치유를 찾아간 것이다. 그렇게 내 인생은 치유와 함께하는 삶으로 연결되기 시작했다.

인생에 예기치 않은 큰일을 겪을 때만 마음을 치유하는 것이 아니다. 우리의 인생은 매 순간 치유가 필요하다. 안타깝게도 사람들은 마음을 관리하는 것을 크게 염두에 두지 않고 지낸다. 스트레스를 받을 때 일시적인 해소법을 찾기 바쁘다. 매일 바쁘게 살아가고 있는 사람들은 쉽게 스트레스를 받고 감정을 조절하는 데 어려움을 겪고 있다. 자신의 감정이 어떤 상태인지 모른 채 버려두거나 외면하기도 한다. 이러한 감정이 해소되지 못한 채 쌓이게 되면 마음의 병을 얻기도 한다. 마음의 병으로 삶의 병을 얻기 전에 우리는 스스로 예방하려는 치유 습관이 필요하다. 개인적으로 '마음챙김(Mindfulness)'이라는 단어를 좋아한다. 불교 수행 전통에서 기원한 심리학적 구성 개념으로 '지금, 이 순간 일어나는 일을 그대로 알아차리는 것'이라고 정의한다. 하나의 마음과 정신적 훈련인 명상과 통합되어 요즘은 마음챙김 명상이라는 단어로 사용하기도 한다. 막연히 생각을 비우는 것이 아닌, 현재 하는 생각을 잠시 멈추고 바라보며 알아차리는 것이다. 평소 가졌던 감정과 생각이 어떠한 상태인지 들여다보고, 마음을 객관적으로 점검해 본다. 의식적으로 마음을 살피는 연습을 하게 되면, 감정이 선명해지고 자신을 이해하게 된다. 부정적 감정은 누그러뜨리고 새로운 에너지를 받고 싶은 생각이 절실해진다. 바로 치유의 필요성을 느끼게 되는 순간이다.

언젠가부터 삶의 치유와 휴식의 필요성을 함께 공유하고 싶은 마음이 생겼다. 작년 연말, 나는 첫 온오프라인 클래스를 기획하여 열었다. 마음 피로인 불안, 걱정, 번아웃, 무기력, 트라우마, 상처 등에 대한 주제를 정해 이를 회복하는 비법을 제공하는 내용이다. 클래스의 취지는 전문적인 치료법과 상담법을 제시하는 것이 아니다. '치유와 휴식을 가까이하는 습관'을 길러 주기 위함이다. 클래스는 주요 3가지 부분으로 구성되어 있다. 일상에서 감사와 기쁨의 순간을 찾아보는 '일상 발견', 그림을 마음으로 감상하고 감정을 조절하는 '마음 미술관', 주옥같은 명언을 들여다보고 함께 만드는 '셀프 명언' 등이 있다. 그 외 어른이 되어 쓰는 '치유 일기'도 포함되어 있다. 클래스의 기획 배경에는, 그동안 마음 피로에서 벗어나기 위해 실제 행한 나의 치유 경험들이 존재했다. 감사하게도 첫 클래스를 함께 한 소중한 사람들이 있었다. 치유와 휴식의 필요성을 느끼고 클래스를 신청해 준 분들이다. 막연히 클래스를 하는 것보다, 치유하는 일상을 지내고 싶은 사람들과 만나 함께 마음의 쉼을 나눌 수 있던 점이 가장 좋았다.

치유와 휴식을 위한 삶을 위해 내가 매일 하는 것이 있다. 바로 주어진 하루에서 감사와 기쁨의 순간을 찾아보는 '일상 발견'이다. 어느 날은 도저히 웃을 일이 없을 정도로 마음이 지치는 날이 있다. 하지만 그 속에서 감사의 순간은 늘 존재했다. 안도의 한숨과 함께 웃음이 피식 나는 기쁨의 순간도 있었다. 어느 하루도 '망치고 망한 날'은 없다. 오히려 '기쁨의 날'이라고 여기지 못한 부족한 마음만이 존재할 뿐이다. 누구도 당신의 마음을 완전히 알아주기 힘들다. 어떤 것도 당신의 삶을 지켜줄 수 없다. 계속해서 마주해야 할 인생의 어려움과 혼돈을 대처하기 위해, 우리는 치유하는 일상을 습관적으로 만들어 가는 것이 필요하다. 자신의 마음을 가장 먼저 챙기며 살아갔으면 좋겠다.

치유와 휴식하는 삶을 사는 당신은,
깊게 베인 상처도 아름다운 흔적으로 남길 수 있다.

복잡한 삶의 실타래도 느슨하게 풀 수 있는 지혜로운 사람이다.

삶은 기억보다 기록이지

기억력이 유난히 좋은 사람이 있다. 삶에 대한 기억이 많은 만큼, 이야기할 소재도 풍부하다. 추억도 잊지 않고 소중하게 기억한다. 그러나 영원한 기억은 없다. 기억은 언젠가 흐려지고 퇴색된다. 가끔 왜곡된 형태로 남겨질 때도 있다. 소중하고 정확한 기억을 오랫동안 유지하기 위해 필요한 것이 바로 '기록'이다. 나는 평소 형광펜으로 기억하고 싶은 문구에 줄을 치며 읽는 습관이 있다. 남은 분량을 읽기 위해 책을 펼쳤을 때, 펜으로 강조한 문구가 한번 더 눈에 들어온다. 그런데 이 문구를 별도 기록해 두지는 않는다. 그러다 보니 책을 끝까지 읽고 시간이 지나면, 정작 어떤 내용이었는지 기억이 잘 나지 않을 때가 있다. 책을 읽을 때마다 필사를 통해서라도 원하는 문구를 기록해야겠다는 생각이 든다. 요즘처럼 많은 정보가 넘쳐나는 시대에 기록을 통해 정보를 정리하고 분류할 필요가 있다.

최초의 기록학자 김익한 교수가 쓴 『거인의 노트』라는 책에 기록에 대한 언급이 있다. 기록한다는 것은 어지럽혀진 방을 멀끔히 정리해 언제도 자유롭게 활동할 수 있는 나만의 공간으로 만드는 일이라는 것이다. 모든 것을 무작정 메모로 남기는 것이 아니라, 필요한 것을 추출하여 깔끔하게 정리해 두는 기록의 중요성을 강조한다. 어지러워진 삶을 정리하기 위해서라도 기록하는 일상이 필요해 보인다. 정보를 기록하는 것도 중요하지만, 요즘은 남기고 싶은 순간의 기록이 많아졌다. 그 중 '사진 기록'이 있다. 어릴 때 앨범은 마치 차곡차곡 쌓인 성장 기록물과도 같다. 그런데 어느 순간부터 기록이 끊기는 현상을 발견했다. 나이가 들수록 사진의 수가 점점 줄어들었다. 특히 인물 사진이 많이 없어졌다. 세월의 흔적을 보는 것이 꺼려져 어느 순간부터 셀프 사진을 잘 안 찍게 되는 이유도 있다. 게다가 요즘은 감성 사진이 주목받는 시대이기도 하다. 사진 한 장에 감성이 녹아 있는 일상의 순간이 담겨 있다. 개인 핸드폰에는 아기 사진과 커피, 음식 사진이 가장 많다. 음식 사진은 비슷해 보이는 사진들이 많아서 가끔은 어느 장소를 갔는지 기억이 가물가물하다. 일상을 사진으로 남기는 것은 좋지만 이를 정리한 기록이 필요해 보인다. 먼저 불필요한 사진을 삭제하고 필요한 사진만 모아 날짜별로 정리하는 것이 좋다. 거기에 어떤 장소인지, 함께 한 사람은 누구인지, 그리고 간단한 느낌 한 줄이 더해지면 나만의 삶의 기록으로 완성된다. 개인의 일상을 인터넷 또는 스마트 기기에 기록하는 것을 뜻하는 '라이프로그'라는 말이 있다. 취미·건강·여가 등에서 생성되는 개인 생활 전반의 기록을 정리·보관하는 활동을 의미한다. 다양한 디지털 도구에 언제든지 개인의 삶을 기록할 수 있는 편리함이 생겼다. 사진을 일자별로 정리해 주기도 하고 기록된 정보와 글을 언제든지 저장하고 꺼내어 볼 수도 있다. 유용한 시스템 덕분에, 디지털 세상에서 일상을 쉽게 기록하고 활용할 수 있게 되었다.

중요한 것은 편리함의 기능은 이용하되, 의미 있고 가치 있는 기록은 우리의 몫이라는 것이다. 기본적으로 하루의 일과와 느낌을 남기는 일기로 삶의 한 조각을 기록한다. 우연히 영화를 보고 느낀 소감과 깨달음을 블로그에 공유해 본다. 어느 날 나간 모임에서 사람들과 나눈 인상적인 대화 중 기억에 남는 이야기들을 짧게 기록해 본다. 여행지 중 가장 힐링되고 즐거웠던 장소는 따로 분류하여 저장해 둔다. 이처럼 '나만의 기록'을 주체적으로 만들 때, 비로소 온전한 '내 삶의 기록'을 남길 수 있다.

"언제 이렇게 시간이 흘러갔나 몰라. 딱히 기억나는 게 없네."

나이가 들면서 '기억 실종'에 자주 시달리기 시작했다. 살면서 무수히 많은 순간을 만났는데, 시간이 지나면 기억이 텅 비어 있는 느낌이다. 기억 실종이 잦아지면 '남는 것이 없는 인생'을 살고 있다는 공허함과 자괴

감이 밀려오기도 한다. 하지만 기억은 반드시 좋은 추억, 유익한 순간만 남기는 것이 아니다. 미치도록 힘든 경험도, 즐거워서 환호한 순간도, 함께 울며 웃었던 장소 모두가 생생한 삶의 순간이자 기억이다. 우리는 이 모든 것을 기억하며 살 수 없다. 기억하고 싶지 않은 오늘이었지만, 적어도 기록을 통해 생각이 정리되고 마음을 다잡게 되는 시간을 얻을 수 있다. 삶의 기록을 자주 남길수록, 소중한 일상이 다시 보이고 자신의 인생 항로를 세울 수 있을 것이다.

오늘 남기고 싶은 삶의 기록은 무엇인가?
당신이 자취를 남길수록 특별한 인생 책 한 권이 완성된다.

다시 쓰는 인플루언서

"한 사람의 위대한 인생만큼 강한 영향력으로
모든 사람을 감동하게 하는 것은 없다."

- 레프 톨스토이 -

　연예인 못지않은 인기를 누리는 사람들이 있다. 인터넷 셀럽이라고 불리며 SNS에서 수천 명, 수만 명에서 수십만 명에 달하는 많은 팔로워를 보유하며 영향력을 전하는 '인플루언서'이다. 이들은 사진이나 정보성 글, 영상 등을 온라인에서 공유하는 활동을 한다. 특히 뷰티, 패션, 여행, 육아, 운동, 맛집 등 다양한 분야에서 최신의 정보를 제공한다. 그뿐만 아니라 그들의 일상을 솔직하게 나누며 라이브 방송이나 댓글을 통해 대중과 친근하게 소통한다. 대중의 마음을 이끄는 인플루언서의 존재감은 생각보다 크다. 일부 대중은 자신이 좋아하는 인플루언서를 신뢰하고 팬이 되기도 한다. 인플루언서가 홍보하는 제품에 관심을 두고 망설임 없이 구매하기도 한다. 인플루언서가 되면 협찬이나 광고 제의가 들어와 수익으로 연결될 기회가 많아진다. 요즘 들어 일반인 중에도 인플루언서가 되고 싶은 사람이 많아졌다. 인플루언서가 되기 위한 별도의 강좌와 학원이 생겨날 정도다.

개인적으로 인플루언서의 세계를 잘 알지 못한다. 직업적인 접근으로만 보면, 대중에게 노출된 삶이 꽤 힘들 것 같다는 생각이 먼저 든다. 또한 치열하고 경쟁이 심해서 열심히 하지 않으면 안 될 것 같다. 반면, 노력에 따라 인기와 돈, 그리고 화려한 라이프를 가질 수 있으므로 부러운 면도 있다. 그들이 움직이는 순간 대중의 마음도 움직인다. 그들의 영향력을 인정하고 존중하지만, 일부 지나친 홍보 활동이 온라인상에서 보기 피곤할 때가 있다. 이미 광고임을 알고도 보는 인플루언서의 열정 있는 행위는, 제품을 신뢰하게 하고 자연스럽게 지갑을 열게 할 때가 있다. 반면, 형식적인 멘트로 제품을 소개하거나 지나친 구매 권유가 느껴지는 홍보 행위는 눈살을 찌푸리게 한다. 광고 제품을 홍보하는 피드가 연달아 올라올 때면, 뻔한 느낌이 들어 제품 자체에 관심이 안 갈 때가 있다. 어느 날, 친분이 있는 것처럼 보이는 인플루언서 사람들끼리 유명 행사, 전시회, 핫플레이스 맛집 등을 다녀온 사진이 있었다. 인플루언서 그룹 중 다른 멤버도 자신의 피드에 사진과 영상을 올렸다. 또 다른 멤버도 비슷하게 그날의 활동을 인증했다. 순식간에 퍼져 홍보되고 있는 사진에 수많은 반응 댓글이 달리기 시작한다. 그들만의 세계에 존재하는 화려한 일상을 지켜보고 있자니, 가끔 씁쓸한 느낌이 들기도 한다. 요즘은 연예인도 방송을 쉴 때 온라인에서 활동하는 모습이 보인다. 일부 연예인 중에 공구(공동구매)를 통해 제품을 홍보하고 판매한다. 그들의 유명세를 이용해 회사들은 지속적인 협찬과 광고를 제안한다. 어느 순간부터 유명한 사람들이 갖는 영향력의 개념이 제품 홍보와 판매의 힘으로 치중된 느낌이 들었다. 물론 모든 상황이 그런 것은 아니다. 홍보와 광고가 지나치게 과열된 상태라고 판단되었을 때 드는 주관적인 생각이다.

"과연 다시 쓰는 인플루언서의 정의는 무엇일까?"

최근에 가장 주목받고 있는 인플루언서를 지켜보며 떠오른 생각이다. 우리는 인플루언서라는 단어에 담겨 있는 '영향력'의 개념을 새롭게 주목할 필요가 있다. 인플루언스(influence) 동사의 뜻은 '사람의 행동·사고에 영향을 주거나 상황에 영향을 미친다.'라는 것이다. 일상을 지내고 삶을 영위하는 과정에서 우리는 서로 영향력을 주고받을 수 있다. 의미 있는 영향력은 함께 성장시키기도 하고 변화시키기도 한다. 일반적으로 '선한 영향력'이라는 말이 자주 쓰인다. 남을 이롭게 하는 선한 마음으로 사람의 생각이나 행동을 긍정적인 방향으로 발전시키는 것이다. 선한 도움을 주는 봉사활동이나 기부를 하는 행위도 포함된다. 최근에 최강희 배우가 운영하는 유튜브 채널에 관한 기사를 본 적이 있다. 그녀는 산에서 쓰레기를 줍는 '클린 하이킹'을 실천했다. 산을 오르고 쓰레기를 줍는 활동은 마치 보물찾기를 하는 것 같이 재미있다고 말한다. 어린아이 같아지고 힐링 된다는 말을 남기며 이 활동을 적극적으로 추천했다. 그녀의 자발적인 목적으로 실천한 선한 행동이 선한 영향력을 보여 준 셈이다.

우리는 누구나 인플루언서가 될 수 있다. 대단한 업적을 남긴 사람들만 영향력을 행사하는 것이 아니다. 특별히 유명하지 않더라도 선하고 이로운 영향력을 언제든지 발휘할 수 있다. 인플루언서는 삶에 영감을 주고, 생각에 깨달음을 선사하며, 좋은 방향으로 함께 스며들게 하는 힘을 가진 존재다. 누군가의 인플루언서가 되기 위해서는 먼저 자신의 삶이 선하고 탄탄해야 한다. 다시 쓰는 인플루언서의 조건 3가지가 있다. 첫째, 누군가가 도움을 요청할 때 대안을 제시하고 해결책을 줄 수 있는 확실한 분야가 필요하다. 즉 상대방의 니즈를 충족시켜 줄 만한 나만의 무기가 있는 것이다. 둘째, 자신만의 분명한 메시지가 있어야 한다. 평소 삶에 대한 주도권이 있고 자신만의 철학이 있는 것이다. 셋째, 적극적인 리더십이 있어야 한다. 변화하는 행동으로 이끌어 주기 위한 신속한 태도를 갖추는 것이다. 이 3가지가 동반될 때, 충분히 가치 있는 '삶의 인플루언서'가 될 수 있을 것이다.

당신의 인생이 누군가를 긍정적으로 변화시킬 수 있다.

우리 모두가 서로의 인플루언서이다.

드라이한 것 대신 촉촉한 감성

며칠 전 집 근처에 있는 피아노 학원을 방문했다. 나이가 들어도 피아노 연주에 대한 미련이 계속 남아 있었기 때문이다. 상담을 예약하고 방문한 뒤, 기본적인 실력을 테스트받았다.

"요즘 피아노를 배우려는 성인분들이 더 늘어났어요. 오전이나 낮 타임을 이용해 레슨 받으시거든요. 혹시 이 악보를 볼 수 있나요?"
"악보를 기본적으로는 읽을 수 있는데 복잡한 것은 잘 몰라요. 배운지가 너무 오래돼서요."
"천천히 악보를 보고 연주해 보세요. 하나, 둘, 셋!"

선생님의 경쾌한 목소리와 함께 무작정 피아노 건반에 손을 얹혀 본다. 처음 보는 악보인데 손가락이 반자동으로 건반을 누르고 있다. 한음 한음에 무게가 실린 정직한 소리를 들으니, 다시 초등학생으로 돌아간 기분이다.

"악보는 이미 잘 보고 있어요. 기본기가 충분히 있는 상태네요. 희망하는 음악 장르를 선택해서 매주 주어진 악보를 연습하고 연주하면 됩니다."

초등학교 1학년 때부터 중학교 2학년 때까지 나는 7년간 피아노를 배웠다. 당시 피아노를 가르쳐 준 선생님은 나의 청음 실력을 알아보고 부모님께 예술고등학교 진학을 제안하기도 했다. 그러나 입시를 준비하고 공부를 해야 한다는 결정으로, 자연스럽게 피아노와 멀어졌다. 오랜 시간이 지났지만, 피아노는 여전히 마음 한구석에서 맴돌고 있다. 유년 시절을 떠올리며 한번 피아노를 치고 싶다는 충동적인 마음 때문만은 아니다. 언젠가 피아노를 제대로 시작해서 본격적으로 실력을 쌓고 싶다는 생각이 있다. 몸이 아픈 환자나 마음이 힘든 분들을 찾아가 치유와 힐링 음악을 전해주고 싶다는 막연한 꿈도 있다. 어릴 때는 알지 못했는데 피아노를 좋아했고, 음악을 즐길 줄 아는 사람이라는 것을 새삼 알게 되었다. 나이가 들어도 악기 하나 정도는 연주하고 싶다는 낭만이 생겼다. 마음에 감성 코드가 심어진 듯, 음악을 들을 때마다 섬세한 감정선들이 선율에 따라 움직인다. 삶에 풍부한 감정을 싣게 된 나는 촉촉한 감성 소유자가 되어가고 있다.

　언젠가부터 TV를 틀 때마다 트로트 음악을 자주 들을 수 있었다. 특히 트로트 경연 프로그램은 꾸준하게 인기다. 트로트 음악을 온몸으로 느끼며 눈물을 자주 흘리는 중 장년층의 모습이 카메라에 잡힐 때가 있다. 〈헬스조선〉에서 제공한 기사에 따르면, 나이가 들수록 트로트에 열광하는 이유가 바로 과거로 회귀하고 싶은 현상 때문이라고 한다. 좋았던 과거로 돌아갈 수 없는 현실 때문에 당시 시대를 반영한 가사가 많은 트로트를 들으며 젊고 활기 넘쳤던 과거를 회상하는 것이다. 단국대 심리학과 임명호 교수는 18번 곡이라고 불리는 애창곡은 가장 좋았던 추억이 든 노래이며, 이 노래는 추억과 연결되는 일종의 심리적인 연합이라고 언급하기도 했다. 게다가 트로트 가사는 감성적인 특징을 갖고 삶의 애환을 담은 게 많다. 이러한 트로트의 감성적인 매력에 빠지는 사람들이 늘어나고 있는 것이다. 나이가 들수록 삶의 경험이 많아지고 다양해진다. 다양한 삶의 경험만큼 겪는 감정들도 다채롭다. 이러한 감정의 스펙트럼이 넓어지면서 감성적인 특성이 두드러지게 된다.

　이러한 특성을 막론하고 '드라이'한 성향을 유지하는 사람이 있다. 한마디로 건조한 성격의 소유자이다. 이러한 사람은 감정표현에 서투른 경향이 있다. 평소 기본적인 감사 인사나 고마움의 표시를 잘하지 못한다. 감정 자체에도 큰 의미를 두지 않는다. 상대방이 감성을 느끼는 순간에도 크게 공감하지 못할 때가 많다. 말투에 감정이 배제되어 무뚝뚝하게 느껴질 수도 있다. 하지만 감정에 지나치게 치우치기보다, 차분한 태도로 논리와 이성을 갖고 삶을 대하기도 한다. 감성적이든 이성적이든 이 두 개의 속성은 누구나 갖고 있는 기본적인 특성이다. 단지, 어느 쪽이 더 발달되고 치중되어 있느냐에 따라 고유의 성향으로 드러난다. 개인적으로는 나이가 들수록 낭만이 있는 촉촉한 사람이 좋다. 자신의 감정을 솔직하게 표현하며, 삶에 대한 마음을 아낌없이 드러내는 사람이다. 이러한 사람은 계절이 바뀌어 갈 때마다 아쉬움과 반가움을 표시한다. 지나가다가 만나는 귀여운 강아지를 보며 사랑스러운 미소를 짓는다. 맛있는 저녁을 먹으며 행복한 기분을 감추지 못한다. 솔직한 감정을 주변과 나누며 즐거운 에너지를 전하기도 한다. 별일 아닌 일에도 호들갑을 떨며 웃고 즐기는, 조금은 푼수기가 있는 순수한 어른으로 나는 살고 싶다.

며칠 전 카페에서 옆자리에 앉은 사람들의 대화가 기억에 남는다. 같은 회사 사람들로 보이는 일행이 커피를 마시러 카페에 왔다. 주문한 커피가 테이블에 놓였을 때, 그들은 잠깐의 침묵과 함께 커피를 마셨다.

"여기 커피 정말 맛있지 않아요? 맛있는 커피를 마시니 참 좋네요."
"저는 커피도 좋은데 커피를 마시면서 느껴지는 여유가 더 좋아요. 진짜 행복합니다."

맛있는 커피도 좋지만, 그 속에서 여유로운 행복을 느낀다는 촉촉한 사람이었다. 행복한 말을 들으니 나도 모르게 미소가 지어졌다. 다른 사람들의 입가에도 어느덧 웃음이 번져 있다. 가장 인상적인 것은 행복한 감정을 표현한 사람의 기분을 망치게 한 사람이 없었다는 것이다. 그 누구도 '오늘따라 왜 이렇게 감성적이야.' 혹은 '항상 좋은 것이 많은 사람이군요.'라는 식의 비꼬는 말투로 찬물을 끼얹는 듯한 발언을 하지 않았다는 것이다. 모두 여유로운 행복감에 공감하며 즐기는 모습이었다. 따뜻한 감성이 묻어나는 자리 덕분에 나에게도 행복한 기억으로 남아 있다.

삶이 드라이할수록, 마음에 촉촉한 감성을 적셔 주는 것이 좋다.
감성 있는 사람일수록, 행복을 자주 발견하고 느낄 수 있다.

to-do-list 말고, to-find-list

하루가 비슷해 보여도, 간단한 to-do-list는 존재한다. 바로 '해야 할 일 목록'을 만드는 것이다. 주로 나는 핸드폰에 있는 캘린더와 메모장을 이용한다. 하루 전날, 다음 날 해야 할 일을 먼저 메모해 둔다. 하루가 시작되기 전, 그날의 해야 할 일 목록을 체크한다. 주말에는 다가오는 한 주의 일정을 짜고 해야 할 일을 미리 적어 둔다. 월에 약속이 정해졌을 때는 해당 날짜에 만나는 사람, 시간, 장소를 적어 둔다. 하루의 to-do-list에는 큰 덩어리의 우선순위 1, 2, 3이 있다. 그리고 큰 덩어리의 할 일 목록을 잘게 쪼개 나눈다. 오늘 반드시 해야 할 일에는 컬러 펜으로 별 표시를 해 둔다. 그리고 마감 기간이 딱히 정해져 있지 않은 목록은 기타 항목에 추가해 둔다. to-do-list를 해두면 해야 할 일을 놓치지 않고 실행할 수 있으며 시간 관리가 쉬워진다. 매해 새해가 되면 to-do-list 작성이 자발적으로 이루어진다. 꼭 도전해서 해보고 싶은 일들이 주로 우선순위로 정해진다. 가끔 적어 둔 to-do-list들을 볼 때마다, 해야 할 일이 참 많은 인생을 살고 있다는 생각이 든다.

"Hello 2024!

올해는 희한하게도, 예전처럼 이것저것 목표를 세우는 to-do-list가 앞서지 않는다.
단지, 바라는 것이 있다면
'일상의 기복이 덜해지는 것'과 '마음이 흐뭇해지는 기분을 자주 느끼는 것'이다.
(…)
곁에 좋은 사람을 알아보고 마음을 베푸는 것,
오늘이 마지막이라는 생각으로,
하루에 감사해하고 삶을 사랑하는 것."

2024년의 새해가 시작될 무렵, 내가 인스타그램에 올린 일부 글이다. 해가 바뀔 때마다 적어놓은 운동, 독서, 자격증 취득 등 고정 목록이 없어졌다. 어느 순간부터 해야 할 일을 나열하는 것이 조금은 무의미하게 느껴졌다. 매일 to-do-list는 작성될 것이고 그렇게 하루를 보내게 될 것이다. 올해는 해야 할 일을 치열하게 성취하기 전에, 가치 있는 삶을 발견하고 의미 있는 시간을 보내고 싶다는 생각이 들었다.

'어떻게 살아야 좋은 삶이고, 가치 있는 인생인가?'

인생 중반에 있는 지금, 내 삶에 심오한 질문을 던진다. 이 질문에 대해 완벽한 정답을 내리기는 힘들지만, 만족할 만한 대답은 하고 싶다. 지난 경험을 통해, 나에게 가장 큰 삶의 가치를 발견했다. 그것은 바로 '무탈함의 행복'이다. 별다를 것 없는 하루를 보내는 것이 삶의 행복이라는 것이다. 인생의 크고 작은 풍파의 조각들이 삶의 주위를 늘 맴돈다. 그 조각이 어느 순간 하루를 산산이 조각나게 할지는 아무도 모른다. '마른 하늘에 날벼락'이라는 말이 비슷한 맥락이다. 그래서 그런 날이 오지 않은 무탈한 하루가 더욱 소중해진다. 그럭저럭 보낸 날이 가장 마음이 괜찮은 날이다. 삶의 가치를 하나둘씩 발견해 나가는 to-find-list를 지금 채워 가는 중이다.

To—Find—List, 2024

☑ 지루한 하루가 오히려 감사하고 행복한 날이다. 그런 하루에게 고맙다고 말해야 한다.

☑ 사랑은 기브 앤 테이크가 아니다. 사랑은 그냥 주는 것으로 행복한 일이다.

☑ 미움과 서운함의 감정이 생긴다면, 거기서 멈추고 끌어안아 주자. 우리가 함께할 시간이 점점 줄어들고 있다.

☑ 괴로움을 즐거움으로 대해 보자. 어차피 직면하고 넘어가야 할 상황이다.

☑ 건강을 잃으면 인생을 잃게 된다. 자기 관리는 그 누구도 대신 해 주지 못한다.

☑ 일이 잘 풀릴수록 위보다 아래를 봐야 한다. 아래를 보지 않으면 순식간에 바닥으로 떨어지기 쉽다.

☑ 일이 잘 안 풀릴수록 운에 연연하지 말고 자신에게 연연해야 한다. 좀처럼 변화하지 않으려는 스스로가 가장 큰 원인이다.

to-find-list는 언제든지 변할 수 있다. 현재를 기준으로 삶의 가치의 우선순위는 언제든지 바뀔 수 있다. 좋은 삶, 가치 있는 삶을 우리는 계속해서 발견하고 정의 내릴 수 있다. 그렇게 찾아가다 보면 진짜 인생이 무엇인지 보이게 될 것이다.

인생을 발견하는 안목을 가질수록 진짜 원하는 삶을 살 수 있다.

죽도록 후회하기 전에 챙겨야 할 것

살면서 가장 견디기 힘든 순간 중 하나는, 바로 '후회'의 감정이 밀려올 때이다. 무심코 넘어간 일이 나중에 후회로 남고, 후회하는 자신을 자책하기도 한다.

"올해는 경주 한번 다녀와. 말한 것처럼 이번에는 혼자 여행 가는 거야."

오래전부터 남편은 혼자 여행을 가고 싶다고 말했다. 지역도 구체적으로 '경주'를 짚었다. 특별한 이유는 모르겠지만 경주에서 혼자 사색하고 여유 있게 구경하고 싶다고 했다. 아기를 낳고 육아에 매달려 여행은 공중 분해되어 흩날린 소원이 되어 버렸다. 그러나 올해는 꼭 다녀오라고 나는 당부했다. 그동안 남편은 여행 한번 제대로 가 본 적이 없다. 그의 인생에서 '여행'에 대한 후회가 크게 자리 잡고 있다. 20대 때는 배낭여행에 도전하지 못한 후회, 30대 때는 돌아가신 시아버님과 단둘이 여행을 가 보지 못한 후회, 40대 때는 혼자 하는 여행을 계속해서 미룬 후회 등이 있다. 집에 있는 것을 워낙 좋아하는 성향이기도 한 그에게 여행은 늘 막연한 계획이었을지도 모른다. 우리는 결혼을 하고 하와이로 신혼여행을 갔다. 내가 홍콩 출장을 갔을 때, 출장 마지막 날 그가 와서 함께 여행하기도 했다. 국내에서는 제주도와 강원도, 그 외 다른 지역을 가끔 여행가기도 했다. 여행을 갈 때마다 우리는 이런 말을 한다.

"다음에는 길게 와서 쉬다 가자. 막상 오면 참 좋은 것 같아."

아직 함께하는 여행에 대한 구체적인 계획은 없다. 그러나 남편이 혼자 가는 여행은 꼭 실현되었으면 좋겠다. 그가 살면서 가장 후회하는 것이 있다면 바로 '아버지와 단둘이 가 보고 싶었던 여행을 끝내 지키지 못한 것'이다. 시아버님은 내가 출산하기 바로 한 달 전에 급작스럽게 돌아가셨다. 연세가 있어도 평소 건강한 편이었다. 어느 순간부터 기력이 많이 없어졌고 순식간에 몸이 안 좋아졌다. 남편과 시아버님은 완전히 애틋한 관계는 아니었다. 하지만 내 눈에 비친 남편은 세상에서 가장 착한 아들이었다. 무뚝뚝한 아버님은 항상 남편을 먼저 찾았다. 그러던 어느 날 처음 겪는 부모와의 이별 앞에 그는 결국 무너졌다.

"아버지와 일본 여행을 갔다 올까 싶은데. 어떨까?"

"올해는 아버지가 해외여행은 힘드실 것 같네. 국내로 낚시 여행이라
도 다녀올까 봐."

매해 그는 아버님과의 여행을 마음에 담고 살았다. 그러나 바쁜 현실
앞에서 여행의 계획은 늘 뒤로 미루어졌다. 그럴 때마다 나는 이렇게 이
야기했다.

"아무리 바빠도 여행은 다닐 수 있을 때 부지런히 다녀야 해….."

나로서 조심스럽게 건넨 한마디였다. 여행을 가는 것보다 중요한 것
은 함께 보내는 시간을 갖는 것이다. 언젠가 이별할 부모님과의 시간 앞
에서는 더욱 그렇다. 죽도록 후회하기 전에, 단 한 번뿐인 인생의 소중한
순간을 우리는 챙기며 살아갈 필요가 있다.

미국에서 실험한 흥미로운 인터뷰 영상을 본 적이 있다. "인생에서 가
장 후회되는 것이 무엇인가요?"라는 질문을 두고 나이별로 인터뷰를 한
것이다. 5세부터 90세의 나이까지 다양한 나이대를 대상으로 질문을 하
고 답변을 받았다. 5세는 놀이터를 다녀왔는데 또 가고 싶다고 말했다.
젊은 청년의 경우, 놓친 꿈이나 기회에 대해 아쉬움을 드러냈다. 삶의 도
전에 대한 후회는 40대까지도 이어진다. 본격적으로 50대부터는 삶에

대한 성찰이 드러난다. 자신의 목소리를 들으려고 하지 않았다는 것이 가장 후회가 된다고 말했다. 60대는 과거에 대한 회한을 언급했다. 계속해서 나를 실망하게 했는데도 사람들을 믿은 것이 가장 후회된다는 사람도 있었다. 70대부터는 다시 어릴 적 꿈이 언급되고, 하고 싶은 일을 자유롭게 하지 못한 것에 대한 후회를 드러냈다. 후회 없는 완벽한 인생은 없다. 나이와 상관없이 우리의 인생은 끝없는 후회의 연속이다. 그래서 놓치고 싶지 않은 것 하나쯤은 챙기며 살아야 한다. 마음에 담고 있는 것은 최대한 서둘러 시도해 보는 것이 좋다. 해 보지 않은 후회보다 하고 나서 드는 후회가 조금은 더 견딜 만하다.

세계적인 미래학자이자 비즈니스 사상가인 다니엘 핑크가 쓴 『후회의 재발견』이라는 책에 이런 말이 있다. 후회의 목적은 우리의 기분을 나쁘게 한다는 것이다. 오늘 기분을 나쁘게 만듦으로써 내일은 더 잘할 수 있도록 도와줄 수 있기 때문이라고 말한다. 후회가 와도 이를 받아들이는 마음가짐이 중요하다. 우리가 후회를 자주 돌아보고 곱씹어 보지 않았으면 좋겠다. 후회 뒤에는 반드시 새로운 신념이 생긴다. 놓친 기회를 잡고 싶어질 것이고 재 후회를 하지 않겠다는 결심이 확고해질 것이다. 후회 끝에는 다시 시작할 수 있는 출발선이 생긴다. 더 나은 날을 위한 길로 걸어가는 일만 남았다.

놓치고 싶지 않은 인생의 순간이 우리 곁을 빠져나가고 있다.

죽도록 후회하기 전에,

지금 떠오르는 삶을 바로 만나러 가자.

덜 무겁고, 더 심플하게

며칠 전, 아침부터 허기가 크게 느껴진 적이 있다. 평소 먹는 즐거움이 큰 나는 혼자 콧노래를 부르며 분식점을 방문했다. 벽에 붙어 있는 메뉴판을 보고 당당하게 사장님에게 외쳤다.

"사장님, 여기 치즈 김밥 한 줄이랑 라볶이 하나 주세요."

허기진 불을 끄는데 김밥 한 줄이면 충분하다. 그러나 기어코 두 개의 메뉴를 시켜 다 먹는다. 포만감이 절정으로 느껴지고 나서야 가게를 나왔다. 배가 채워지니 움직임이 둔해진다. 급하게 먹은 탓에 갑자기 속이 부대끼기 시작했다. 결국, 소화제를 먹고 주변 공원을 계속해서 걸었다. 무엇이든 과하면 화를 부르는 법이다. 우리가 식단을 조절하지 못해도 몸무게가 순식간에 는다. 결국 지나쳐서 얻는 것은 무거운 몸이다. 과체중이 되었을 때 각종 병이 생길 확률도 높아진다. 무겁고 버거운 것은 반드시 덜어 내고 가볍게 만드는 것이 중요하다.

생각이 많아질 때도 가끔 두통이 생긴다. 생각의 과부하로 머리에 신호가 오는 것이다. 생각이 많은 만큼 일상에 무게감이 늘 실려 있다. 가끔 무거운 자신이 버겁게 느껴질 때가 있다.

"나는 왜 이렇게 쓸데없는 생각이 많은지 모르겠어. 걱정도 많고 상상도 많아. 한마디로 사람이 무거워."

"신중해지려다 보니 그런 거지."

아는 후배랑 오랜만에 만나 점심을 먹으며 나눈 대화다. 예전 직장에서 인연이 되어 가끔 안부를 전하며 지내는 관계다. 몇 년간 연락이 잘 닿지 않다가 최근 연락이 잦아졌다. 둘 다 육아 맘이고 1인으로 일을 하고 있다는 공통점이 있다. 육아에만 매달리지 않고 묵묵히 자신의 길을 가고 싶은 의지가 강한 점에서 비슷한 면이 있다. 이제는 다양한 삶의 이야기를 허심탄회하게 말할 수 있는 사이가 되었다. 그녀는 털털하고 점잖은 성격을 갖고 있다. 나와 가장 다른 점은 그녀의 심플한 태도다. 가벼운 것은 아닌데 군더더기 없이 깔끔하다. 상황을 받아들이는 생각이나 태도가 간결한 편이다. 완전한 긍정주의자는 아닌 것 같은데 삶에 대한 불평과 탓이 크게 없다.

　그녀를 만나고 돌아갈 때마다 이런 생각이 든다. 올 때는 무겁고 큰 짐을 메고 왔는데, 돌아갈 때는 손에 작은 쇼핑백이 들려있는 기분이다. 따지고 보면, 그녀가 나의 고민에 명쾌한 해결책을 내려주는 것도 아니다. 신기한 것은 대화하다 보면 속이 시원해지고 가벼워진 느낌이 든다. 그녀는 일단 복잡하지 않다. 생각은 깊게 하지만 많은 것을 염두 하지 않는다. 현재 가능한 범위에서 상황을 파악하고 받아들인다. 목표를 지나치게 높게 잡지 않는다. 자신이 할 수 없거나 하지 않아도 될 일에 대한 구분이 명확하다. 놓아야 할 것은 과감히 포기하고 놓치지 말아야 할 것은 반드시 실행해 나간다. 행동력이 빠르고 꾸준함이 강점이다. 가끔 그녀의 간결하고 담백한 말투가 의외의 위안이 될 때가 있다. 막연히 어른스러운 사람이라고 생각했는데 자세히 보니 간결하고 심플한 사람이다. 매사가 무거운 나와 반대인 그녀로부터 생각이 전환되는 기회를 얻는다. 나도 모르게 감정이 차분해지고 담담한 태도로 변한다. 무거운 일상이 한층 가벼워지는 것 같다.

　나이가 들어도 여전히 인생은 모호하고 어려운 존재다. 생각보다 복잡하고 무겁다. 어쩌면 이런 판단도 주관적인 정의일 수도 있다. 삶을 어떻게 바라보고 대하느냐는 자신에게 달려 있기 때문이다. 지나치게 생각이 많고 마음이 복잡한 사람은 무거운 일상을 보낼 확률이 높아진다. 부정적인 감정이 많아지고 감정에 동요되기 쉽다. 사람을 대할 때도 쓸데

없는 편견과 판단이 앞선다. 예기치 않은 일이 발생했을 때 회복하는 데 시간이 걸리기도 한다. 삶이 무겁게 느껴질 때마다 걷어내는 일이 필요하다. 일상이 가볍고 단순해질수록 인생도 심플해진다. 감정을 덜어내고 생각의 확장을 제지한다. 인간관계도 최대한 단순화 시켜 괜한 에너지를 쓰는 데 시간을 낭비하지 않는다. 보이는 대로 믿어 보고 일어나지도 않은 일의 걱정 전등은 미리 꺼 둔다.

덜 무겁고 더 심플한 라이프를 만들기 위해 요즘 자주 하는 말이 있다. 바로 "자, 오늘은 여기까지!"이다. 원래 어떤 일을 마치려는 의도를 갖고 끝을 내릴 때 쓰는 말이다. 생각의 먹구름이 순식간에 다가올 때 이 말을 하고 다른 일로 주위를 돌린다. 지나친 생각과 과도한 감정선을 끊어 주기 위한 연습이다. 의식하며 내뱉은 이 한마디가 무거워지려는 일상을 막아줄 수 있다. 생각과 감정이 복잡할수록 단순한 일상에 집중하는 것도 좋다. 집 안 정리와 청소를 규칙적으로 한다. 손이 자주 가지 않은 물건은 과감하게 정리하여 버린다. 샤워나 목욕을 할 때 충분히 여유시간을 갖는다. 식사는 천천히 하며 맛의 다양함을 느낀다. 무작정 걷고 신선한 공기를 쐰다. 자유롭게 생각하고 감정을 쌓아 두지 말고 표현한다. 이 모든 단순한 일상을 즐겁게 즐기면 된다. 평소 덜 원하고 덜 기대하는 마음을 갖는 것도 중요하다. 초연한 마음으로 일상을 대하는 것이다. 이러한 마음에는 쓸데없는 힘이 실리지 않는다. 괜히 무거워질 필요가 없게 된다.

덜 무겁고, 더 심플할수록

마음이 가벼워지고 인생에 생기가 돈다.

인터뷰하고 싶은 사람

마흔이 넘어가면서 타인의 삶에 관심이 생겼다. 어디를 가고 무엇을 하고 있는지 궁금한 게 아니다. 평소 무슨 생각을 하고 어떤 인생을 살고 싶은지 궁금한 것이다.

'다들 이런 생각을 한 번쯤은 하고 살까?'

내 삶이 모호하고 확신이 없어질수록, 다른 삶으로부터 영감을 얻고 싶을 때가 있다. 이럴 때마다 사회자가 되어 다른 사람의 인생을 취재하고 인터뷰하고 싶다는 생각을 한다. 유명한 사람의 성공담이나 전문가의 조언보다, 지극히 평범한 사람의 삶의 이야기가 듣고 싶다. 단 한 번뿐인 인생을 살고 있지만 너무나 다른 삶을 사는 우리들의 이야기가 궁금하다. 이러한 생각이 든 계기는, 인터뷰, 토크쇼 형태의 유튜브 채널을 본 이후부터다. 인터뷰 방송의 장점은 게스트가 자세히 보인다는 것이다. 한 사람을 위해 마련한 자리인 만큼 심도 있는 질문을 받고 답변을 통해 사람을 알아간다. 미처 몰랐던 게스트의 매력을 느낄 수 있고, 알지 못했던 다른 삶을 엿볼 수 있다. 요즘은 연예인 유튜버뿐만 아니라 일반 유튜버 채널의 인터뷰 콘텐츠가 흥미롭고 유익하다. 홍보성의 목적을 둔 인터뷰도 있지만, 진정성 있는 내용이 돋보이는 영상도 많다.

최근에 자기 계발 콘텐츠로 유명한 드로우앤드류의 유튜브 채널을 본적이 있다. 어느 인터뷰 영상에 빵먹다살찐떡이라는 크리에이터가 출연했다. 100만 크리에이터답게 당차고 밝아 보였다. 그녀는 어렸을 때부터 난치병을 앓았고 살기 위해 크리에이터 일을 시작했다고 고백했다. 이야기만 들으면 그녀의 인생은 어두운 날들이 많았다. 그런 인생과 다르게 씩씩하고 밝은 모습이 좋아 보이지만 한편으로는 안쓰럽다는 생각도 든다. "자기만의 밝음을 잃은 사람들에게 해 주고 싶은 말이 있나요?"라는 질문에 그녀는 웃음을 잃었다면 조금 바꿔서 웃을 수 있는 구석을 발악적으로 찾으라고 조언한다. 마지막까지 유쾌하게 마무리하는 모습이다. 어떠한 시련도 밝음으로 승화시키려는 그녀의 노력이 대단하고 삶을 대하는 태도가 당당해서 멋지다. 그녀의 인터뷰를 보고 있으니 나의 밝음은 과연 무엇인지 궁금해졌다. 가끔 웃음기가 빠진 살벌한 일상에서 웃음 포인트를 적극적으로 찾아보고 싶어진다. 인터뷰를 통해 비친 타인의 삶은 우리의 삶에도 영향을 미친다. 타인의 삶에 자신의 삶을 투영시켜 보고 그 속에서 깨달음과 교훈을 얻어간다. 서로 다른 인생에서 일상의 위로와 응원을 받을 수 있다.

　반대로 기회가 된다면 언젠가 나도 인터뷰 주인공이 되고 싶다. 40대는 어땠는지, 50대는 어땠는지 나이대마다 인터뷰해서 살아온 인생 소감을 솔직하게 전하고 싶다. 일상에서 발견하고 깨달은 생각을 구체적으로 나누고 싶다. 앞으로 기대하는 인생에 대한 답변도 잊지 않고 남길 것이다. 인터뷰를 통해 자신의 인생이 리뷰될 수 있다. 누군가 던진 질문에 많은 생각을 하면서 가장 나다운 답변을 찾아간다. 작년에 〈매경데일리〉라는 언론사를 통해 인터뷰 요청이 들어왔다. 현재 하고 있는 렌탈 스튜디오에 관한 취재였다. 1인 사업을 하게 된 계기, 하는 일에 대한 소개, 일에 대한 향후 계획 및 생각 등 질문에 답변하는 방식이었다. 전반적으로 형식적인 질문이 많았지만, 지나온 과정을 되돌아볼 수 있는 의미 있는 경험이 되었다. 질문을 받으니 그간의 인생 행보가 정리되는 것 같았다. 인터뷰한 기자와 대화를 나누는데, 누군가가 내 삶에 잠시 귀를 기울여 주고 있는 기분이 신선하고 뿌듯했다.

　우리는 어떻게 살아야 할지 막막해질 때, 주로 자기 계발서, 실용서, 지침서에 관한 책을 찾아 읽는다. 많은 책이 삶에 대한 조언을 아끼지 않는다. 때로는 해답 같은 제안으로 생각을 자극한다. 인생을 책을 통해 배울 수 있지만, 인생은 또 다른 인생을 통해 알아가는 것이다. 실패가 배움이 될 수 있고, 고난의 경험이 성장의 기회가 될 수 있음을 알려 준다. 또한, 위기를 극복할 수 있는 삶의 태도를 받아들일 수 있다. 그뿐만 아니라 타인의 선 경험이 일상에 도움을 줄 수 있다. 본보기가 되는 부분은 삶에 동기부여가 된다. 우리의 삶은 밀접하게 연결되어 있다. 또 다른 삶에서 진정한 인생의 가치를 발견할 수 있다.

사람으로부터 첫 인생을 배웠다는 강원국 작가가 쓴 『강원국의 인생 공부』라는 책에 이런 당부가 있다. 뜻대로 살아지지 않아 새롭게 출발하려는 사람들이 타인의 삶을 경청하는 공부를 원한다는 것이다. 한 사람의 일생을 관통하며 응축된 지혜를 듣는 일이야말로 최고의 공부라 말한다. 타인의 삶을 통해 인생을 배운다는 것이다. 사람이 곧 인생인 셈이다.

우리는 인터뷰 하는 사람(interviewer)이 되고
인터뷰 받는 사람(interviewee)이 되어,
인생을 알아가고 배울 수 있다.

인생의 마지막 명장면 on-air

나는 부모님의 인생 마지막 장면을 본 사람이다. 아버지는 대학병원 침대에서, 어머니는 호스피스 1인실에서 인생의 마지막을 맞이하셨다. 나이가 들면 병을 쉽게 얻게 되고 병원에서 생을 맞이하는 일이 많아졌다. 게다가 투병의 세월로 제대로 된 일상을 보내지 못하고 고통 속에 삶을 마감하는 인생은 더욱 가슴이 아프다.

"이게 사는 거니? 차라리 죽는 게 낫지.
더 억울한 것은 뭔지 아니? 죽는 것도 내 마음대로 안 돼."

엄마가 암 투병으로 항암치료를 받을 때, 같은 병동을 이용했던 다른 환자의 말이 생각난다. 말기 위암 환자였던 그녀는 면회 온 아들에게 힘든 심경을 토로했다. 그 당시, 엄마가 이 말을 듣게 될까 봐 매우 긴장했다. 지독한 항암을 받으며 정상적인 생활이 힘들어진 현실 앞에서 혹시 엄마도 비슷한 생각을 하지 않을까 무서웠다. 부모님의 죽음을 경험한 뒤, 탄생의 기쁨을 맞이한 만큼 행복한 죽음도 기꺼이 맞이하고 싶다는 생각이 든다. 지금부터라도 인생 마지막 명장면을 상상하며 준비하고 싶다.

MBC 〈PD수첩〉에서 '나의 죽음에 관하여'라는 방송을 한 적이 있다. '어떻게 죽을 것인가'에 대한 물음과 함께 누구나 맞이하게 되는 죽음에 관한 이야기를 담고 있다. 스위스는 오랫동안 질병을 앓거나 장애가 있는 환자가 스스로 결정하여 죽음을 맞이할 수 있는 존엄사를 허용하고 있다. 이것을 '존엄한 죽음'이라고 정의하기도 했다. 우리나라에서는 조력 존엄사에 대한 의견이 아직도 뜨겁고 입법에 대한 정확한 결론을 내리지 못하고 있다. 생과 죽음 앞에서 그 어떤 것도 부추길 수 없는 어려운 현실이다. 개인적으로는 조력 존엄사를 찬성한다. 죽음 자체를 조력하는 것이 아니다. 죽음의 문 앞에서 더 이상 삶을 이어갈 수 없는 심신의 상태일 때, 스스로 죽을 수 있는 권리를 허용할 필요가 있다. 자기 죽음을 인정하고 선택할 수 있는 자유가 있다는 사실만으로 편안한 죽음을 맞이할 수 있을 것이다.

만약 삶이 얼마 남지 않았다는 것을 알게 되었을 때, 우리는 두 가지를 생각해 볼 필요가 있다. 남아 있는 삶을 어떻게 살 것인지, 그리고 남기고 싶은 삶의 마지막 장면은 무엇인지에 관한 것이다. 영화 〈리빙: 어떤 인생〉은 인생의 마지막을 앞두고 남은 삶을 어떻게 살 수 있을지 생각해 보게 한다. 주인공 윌리엄스는 집과 직장을 오가며 반복되고 따분한 삶을 살다가 어느 날 갑자기 6개월의 시한부 선고를 받게 된다. 그동안 해 보지 않았던 일상탈출도 시도해 본다. 하지만 모든 것이 의미 없게 느껴진 순간, 그는 부하 직원인 마거릿 해리스를 통해 깨달음을 얻는다. 청춘의 살아 있는 삶에 대한 소중함을 깨닫고 생기 있는 나날을 보내기 시작한다. 인생의 마지막에 이르러 진정한 삶의 의미를 찾아가는 장면들이 마음에 울림을 준다. 언젠가 맞이하게 되는 죽음 앞에, 우리는 시든 마음으로 슬퍼하지 않고 생애 가장 생기 있는 일상을 보낼 수 있으면 좋겠다. 생애 마지막 순간이 가장 행복한 기억으로 남아 있을 것이다.

죽음의 문을 열기 직전, 어느 오후에 나는 테이블에 앉아 따뜻한 차 한 잔을 마시고 있다. 그리고 앞에 놓인 지난 삶의 기록을 보며 미소를 짓는다. 시절이 담긴 사진 속에 추억을 떠올리고 함께 보낸 사람들과 나눈 대화를 기억한다. 핸드폰을 열어 남아 있는 모든 사람에게 '나의 인생과 함께 해 주고 살아 주어서 감사합니다. 당신을 영원히 기억할게요.'라고 메시지를 보낸다. 내가 그리는 인생의 마지막 장면이다. 따스한 오후 햇살을 받으며 나의 인생을 조용히 돌아본다. 그리고 주변을 둘러보며 마지막 계절을 온몸으로 느낀다. 세상을 눈으로 담고, 귀를 열고 들으며, 천천히 호흡하여 삶의 향기를 맡는다. 죽음을 맞이하기 전에 서두르고 싶지 않다. 잠깐이라도 평온한 여유를 챙기고 싶다. 지금 상상하고 있는 이 장면이 꿈이 아니라 실현될 날이 오기를 기대해 본다.

마지막으로 지금까지 잘 지내온 나에게 짧은 인사를 한다.

"마지막까지 삶을 사랑해 줘서 고마워. 이제 새로운 문을 열고 날아가 보자.
굿바이, 나의 찐 인생!"

인생의 마지막 명장면을 그리며 행복한 죽음을 꿈꿀 수 있다.
당신의 마지막 영화가 아름답게 제작되기를...

<지친 마음을 회복시키는 치&휴 클래스>

4교시 치&휴 클래스 완성

누군가의 따뜻한 말 한마디가 힘든 마음을 헤아려 줍니다.

어떻게 살아야 할지 막막 할 때,
책 속의 명언 한마디가 새로운 삶의 길을 안내해 주기도 합니다.

짧지만 굵은 한 줄이 우리를 울고 웃게 합니다.

지친 마음을 달래주고 위로와 격려를 해 주는
셀프 명언을 직접 만들어 보는 것은 어떨까요?

매일 쓰는 치유 한 줄이
당신의 일상을 변화시켜 주고 인생을 바뀌게 할 수 있습니다.
다른 사람에게도 치유의 선물이 되어 줄 수 있습니다.

누군가의 명언을 읽기 전에, 내면의 목소리를 먼저 적어 보세요.

"어제 흘린 눈물이 귀한 이유는
내일의 시작을 웃음으로 만들어 주기 때문이다."

삶이 나에게 응원한다. '굿 럭!'

몇 달 동안 두꺼운 점퍼만 입고 다녀서 계절이 온 줄도 몰랐다. 흰색, 노란색, 초록색의 옷을 입은 봄이 어느 새 곁에 와 있다. 하늘도 유독 파랗고 구름은 더욱 하얗다. 사람들의 옷도 가벼워 보이고 발걸음도 경쾌해 보인다. 어김없이 나의 삶에 계절이 스며 들고 있었다. 언제부터인가 계절의 방문에 맞추어 내가 움직이기 시작했다. 가장 좋아하는 봄이 찾아올 때면, 무조건 밖에 나가 봄의 햇살을 맞이한다. 봄을 생각할 때마다 이런 생각이 든다.

'왜 내가 좋아하는 것들과의 만남은 늘 짧고 헤어짐이 있는 것일까?'

체감으로 느껴지는 봄은 방긋하고 왔다가 어느새 퇴장하고 만다. 우리나라 사계절에서 겨울과 여름이 유독 길어진 것 같다. 그 사이에 있는 봄이 기다려지지만 늘 아쉬운 마음으로 보내야 한다. 가을은 봄만큼은 아쉽지 않다. 여름과 겨울 사이에서 분위기 있게 자리매김하고 겨울로 변해간다. 봄을 향한 아쉬움이 크지만, 다시 새롭게 만날 수 있다는 기대감으로 아쉬움을 달래 본다.

만나고 헤어지며 또 기약하는 이 모든 과정이 우리의 인생과도 같다는 생각이 든다. 이미 만난 과거, 곧 헤어질 현재, 그리고 기대하고 싶은 내일이 있는 삶. 이것이 바로 삶의 계절이 피고 지는 과정이다. 어느 해는 이상하게 유독 힘든 시기가 있다. 무슨 일을 해도 풀리지 않고 삐걱대는 위기가 반복된다. 생각지도 않은 시련으로 일상이 무너지기도 한다. 어느덧 인생을 탓하고 있는 자신을 발견한다. 이러한 시련을 극복하기 위해 어떻게든 애를 쓴다. 얼룩진 삶을 살고 싶지 않아 기를 쓰고 자신을 일으킨다. 그렇게 삶과 부딪히는 일들이 계속해서 반복된다. 이렇게 부딪히고 나면 생각보다 괜찮은 기분이 드는 날이 찾아온다. 이런 기분이 들게 된다면 삶이 어느 정도 회복된 상태이다. 회복된 삶 뒤로 한껏 성장한 자신과 듬직한 인생이 서 있다. 인생은 이런 과정을 겪은 나에게 가장 빛나는 조명을 씌워 준다. 마치 인생의 주인공을 알아봐 주는 듯 기쁜 일들이 다가온다.

내가 힘들 때마다 생각보다 힘이 되는 말이 있다. "죽으라는 법은 없어. 또 지나간다. 이보다 안 좋은 날은 없어. 분명 더 나은 날만 다가온다." 현재를 무작정 버티라는 말보다 당장 일어나지 않아도 희망을 품게 하는 말이 좋다. 이런 마음이 있기에 삶을 쉽게 포기할 수 없다. 인생은 가혹할 때가 많지만 변함없이 우리를 지지해 주고 있다. 인생이 주는 힘을 믿으며 지금까지 살아온 삶을 격려해 주고 앞으로 살아갈 삶을 응원해 주면 좋겠다. 당신이 어떠한 모습이든 자신을 사랑하며 어떤 인생이든 기꺼이 포용해 주길 바란다.

며칠 전, 아기의 하원 시간에 여유가 생겼다. 어린이집 바로 앞에 있는 놀이터에 갔다. 갑자기 아무도 없는 빈 그네가 눈에 띄었다. 아기만 그네를 태워 주다가 오랜만에 그네에 앉아 보았다. 천천히 왔다 갔다 해 보니 시원한 바람으로 기분이 좋아진다. 점점 속도를 내다 보니 어느새 높이 올라가 있다. 높은 위치에서 시선이 저절로 하늘로 향해 간다. 파랗고 높은 하늘을 그렇게 오래 본 적이 처음이었다. 시야가 온통 청량함으로 채워졌다. 그네가 다시 원위치로 돌아올 때쯤, 그네를 타고 있는 나의 모습이 바닥에 그림자로 선명하게 드러난다.

오후의 햇살이 주변을 밝게 비추고 우리의 삶에 따뜻한 용기를 준다. 지금처럼 행복함을 발견하고 살아가라고 속삭인다. 남은 인생의 행복은 지금부터라고. 그러니 너무 움츠리며 살지 말라고 말해 준다. 우리를 살게 한 것도, 우리를 살아가게 할 것도 우리의 인생이 될 것이다.

오늘도 삶이 당신에게 응원한다. '굿 럭!' 이라고.